삶이 고달프면 헤세를 만나라

소년에서 중년으로 헤세와 함께한 성장 이야기

삶이 고달프면 헤세를 만나라

조창완 지음

달아실

세상에는 수많은 만남이 있다. 우선 막 태어난 아이는 부모와 만난다. 이 아이가 만나는 것은 사람만은 아니다. 동양의 한 나라인 대한민국과 만날 수 있고, 미국같이 세계를 주도하는 패권의 나라, 인구가 많은 중국이나 인도 같은 나라, 당장 생명을 지키기 힘든 가난한 나라를 만나는 아이도 있을 것이다. 그런 아이는 커가면서 다시 수많은 사람을 만난다. 형제자매는 물론 동네 형, 동생을 본다. 학교에 가면 선생님과 친구들을 만난다. 그리고 다시 사회에 나와서 수많은 직장 동료들도 만난다.

사람은 태어날 때부터 가진 좋고 나쁜 품성도 있지만, 대부분은 만남을 통해 하나하나 성품이 쌓여간다. 오십여 년을 살아온 나나, 나와 가장 가깝게 자라는 내 아이를 보면서 그 만남의 소중함을 다시금 생각한다. 그리고 이 자리에서 나에게 어떤 만남이 당신의 삶을 투영하는 데 가장 큰 영향을 줬냐고 물으면, 조금의 주저함도 없이 헤르만 헤세와의 만남이라고 말할 것이다.

나는 별 생각 없이 청소년기를 보낸 후, 철없게 하는 일 없이 스무 살을 맞았다. 그러던 중 우연히 헤르만 헤세의 소설 『수레바퀴 아래에서』를 만났다. 주인공 한스는 나의 모습과 같았다. 노벨문학상을 받은 헤세라는 사람도 나 같은 모습이 있었구나 하는 것에 위로를 받은 것 같다. 이후 대학을 가고, 더 여유가 생기면서 그의 책들을 하나하나씩 탐독했다. 뭔 내용인지 100%는 몰랐지만 『유리알 유희』를 읽었다. 자신의 소임을 하나하나 끝내고, 어린 제자를 쫓아 수영하다가 물속으로 조용히 사라지는 요제프 크네히트는 내 곁을 떠나지 않았다.

열 살 주기로 찾아오는 폭풍 같은 시간이 지나고 나이 오십이 나에게도 왔다. 그리고 직업을 갈아타는 시간에 다시 헤세의 전집을 들었다. 그가 쓴 시들이나 산문들도 좀 더 챙겨서 읽었다. 헤세의 여인들의 스토리를 정리한 『헤르만 헤세의 사랑』을 읽으면서 헤세가 가진 신경질적인 모습을 생각하면서는 웃기도 했다.

그런데 그런 모습이 나는 더 좋았다. 만약 헤세가 성자처럼 고고하게 사는 모습이었다면 나는 그를 인간이 아닌 성인으로만 만나야 한다. 하지만 그는 짝사랑에 빠져 여인들에게 차이고, 젊은 애독자에게 관심을 가지고, 성적(性的)으로 고뇌하는 모습도 있었다. 말 그대로 나랑 별반 다르지 않은 동네 형님 같은 사람이었다. 나이에 따라 책이 다시 온다는 말도 그르지 않았다. 이십 대에 읽은 『유리알 유희』와 오십 대에 읽은 그 책이 같을 리 없다.

책을 읽은 사람치고 헤세를 모르는 사람은 드물지만 사실 헤세는 다루기 어려운 사람이다. 게다가 독문학 전공도 아닌 국문학 전공자가 헤세를 논한다는 것은 결코 쉬운 일은 아니었다. 이 원고를 쓰는 도중에 『데미안』 출간 100년 기념으로 나온 『내 삶에 스며든 헤세』도 구해서 읽었다. 헤세가 얼마나 많은 이들의 가슴에 남아 있는지를 실감하는 책이었다.

그런데 이 책을 쓸 용기를 낸 것은 우리나라에 헤세 입문서가 생각보다 많지 않다는 것이다. 헤세의 삶이나 작품을 연결해 전반적인 해설을 해주는 책은 많지 않았다. 그래서 용기를 냈다. 독일어를 모르는 만큼 헤세에 접근할 수 있는 깊이는 얕을 수 있다. 하지만 스토리텔러로서 헤세는 나에게 정말 관심이 가는 인물이었다.

이 책에서 나는 헤세의 작품 가운데 가장 대표적인 일곱 권의 소설을 선정했다. 각 소설마다 간단한 스토리를 먼저 소개하고, 헤세가 그 소설을 쓰던 당시 창작 배경을 찾아서 정리했다. 그런 다음 그 소설이 우리 삶에 주는 메시지가 무엇인지 내 나름의 생각을 정리했다. 물론 수박 겉핥기식으로 본 헤세가 진짜 헤세에 어느 정도 근접하는 것인지 나는 자신할 수 없다. 중요한 것은 각자가 헤세 소설을 한 권 한

권 찾아서 읽으며 그 세계로 빠져드는 것이다. 그리고 자신의 삶을 관통하면서 체화시키는 과정이 진짜 소설을 읽는 과정이다.

그러고 나면 삶이란 게 그다지 특별한 것도, 위대한 것도 아니라는 평범한 진리를 깨닫게 될 것이다. 아들 용우도 내가 헤세를 처음 만났던 무렵의 나이인 스무 살이 되었다. 그래서 우선은 용우가 이 책을 통해 헤세를 만났으면 하는 바람도 있다. 또 용우만이 아니라, 이 땅의 많은 아들이 부족하지만 이 책을 통해 헤세를 만났으면 한다.

2021년 안개의 도시 춘천에서
지천명이 넘은 헤세 마니아 조창완 드림

CONTENTS

004   들어가는 글

제1장. 수레바퀴 아래서 ....

011   1.『수레바퀴 아래서』스토리

020   2.『수레바퀴 아래서』와 헤세

025   3.『수레바퀴 아래서』산책

제2장. 크눌프 ....

036   1.『크눌프』스토리

043   2.『크눌프』와 헤세

047   3.『크눌프』산책

제3장. 데미안 ....

057   1.『데미안』스토리

067   2.『데미안』과 헤세

071   3.『데미안』산책

제4장. 싯다르타 ....

078   1.『싯다르타』스토리

083   2.『싯다르타』와 헤세

088   3.『싯다르트』산책

제5장. 황야의 이리 ....

096   1.『황야의 이리』스토리

102   2.『황야의 이리』와 헤세

105   3.『황야의 이리』산책

제6장. 나르치스와 골드문트 ┈┈┈┈┈┈┈┈┈┈┈┈┈┈

113 　　1.『나르치스와 골드문트』스토리

122 　　2.『나르치스와 골드문트』와 헤세

127 　　3.『나르치스와 골드문트』산책

제7장. 유리알 유희 ┈┈┈┈┈┈┈┈┈┈┈┈┈┈┈

139 　　1.『유리알 유희』스토리

161 　　2.『유리알 유희』와 헤세

164 　　3.『유리알 유희』산책

제8장. 헤세로 가는 길 ┈┈┈┈┈┈┈┈┈┈┈┈┈┈┈

172 　　1. 헤세의 길을 같이한 사람들

175 　　2. 부르크하르트

181 　　3. 괴테, 노발리스, 니체

제9장. 헤르만 헤세 가상 인터뷰 ┈┈┈┈┈┈┈┈┈

190 　　0. 인터뷰에 앞서

192 　　1. 헤르만 헤세의 삶

202 　　2. 헤르만 헤세의 소설

211 　　3. 헤르만 헤세가 읽는 '지금'

　　┈┈┈┈┈┈┈┈┈┈┈┈┈┈┈

217 　　나가는 글

제1장
수레바퀴 아래서

1. 『수레바퀴 아래서』 스토리

"요제프 기벤라트 씨는 중개업과 대리업을 했다."(7페이지)

이 문장은 『수레바퀴 아래서』의 첫 문장이다. 좀 냉랭하다. 그런데 이 기벤라트 씨는 헤세가 자기 아버지에 대해 스스로 묘사한 것이다. 자기 아버지 이야기를 쓰는데 좀 딱딱하다. 뒤도 그렇다. 전체적으로 아버지를 좀 쌀쌀한 사람으로 묘사한다.

"그의 내면생활은 속물적이었다. 그가 지녔던 정서는 이미 오래전에 먼지가 되어버렸다. 낡고, 우악스럽기만 한 가족 의식과 자기 아들에 대한 자부심, 그리고 이따금 가난한 사람들에게 베푸는 즉흥적인 자선, 이러한 것들이 겨우 그의 정서의 가장자리를 메우고 있었다."(8페이지)

주인공 어린 한스는 긴장 속에서 신학교 시험 준비를 한다. 그가 신학교에 합격한다면 이 작은 도시에서는 처음 있는 일이었기 때문에 더욱 그랬다. 이윽고 한스는 모두의 응원을 받으며, 아버지와 함께 시험을 치러야 하는 슈투트가르트로 향한다. 한스는 숙모 집에 머물면서 시험에 응시하고, 고향 마을로 돌아온다.

시험 결과에 대한 불안이 있었던 한스는 아버지에게 시험에 떨어질 경우 김나지움(일반 인문계 고등학교)에 다녀도 되는지 묻는데, 결국 크게 혼이 난다. 엘리트 학교에 가지 못하면 일이나 하라는 신호로 들린다. 얼마 후 그가 시험에서 2등으로 합격했다는 소식에 작은 도시는 들뜬다. 한스는 아버지의 허락을 받아, 꿈꾸던 낚시를 하면서 7주간의 긴 여유를 가진다.

헤세는 소설을 통해 고향의 산을 이야기하면서 적지 않은 식물 이야기를 한다. 2장의 앞부분만 해도 잣나무, 독미나리, 양담배풀, 부처꽃, 분홍바늘꽃, 디기탈리스, 파리버섯, 우산버섯, 선옹초, 싸리버섯, 석장초, 금작화, 석남화, 황새냉이, 동자꽃, 꿀풀, 체꽃 등의 식물이 소개된다.

방학의 시작을 같이한 즐거운 일은 낚시다. 한스는 그곳에서 황어, 잉어, 망둥어 등과 한판 대결을 벌인다. 그리고 그가 다른 친구들을 앞서 간다는 것을 생각한다.

"한스 혼자서 만이 자유롭게 수업을 받지 않아도 괜찮았다. 그

는 같은 또래의 모든 아이들을 앞질러버렸고, 그 아이들은 이제 그의 발아래 있게 되었다."(55페이지)

실제로 엘리트 코스를 밟는 것은 남들을 발아래로 두는 과정에 가깝다. 그런데 작은 변화가 생기기 시작한다. 어찌 보면 그것은 낚은 물고기를 선물하고, 인사차 마을 목사를 찾은 순간일 수 있다. 목사는 그에게 새로운 세계를 열게 해줄 신약성서의 그리스어를 배울 것을 제안한다. 한스도 큰 고민 없이 그 제안을 받아들인다. 물론 구둣방 아저씨 플라이크는 한스에게 조용히 경고한다.

"넌 우리 마을 목사가 무신론자라는 걸 알아야 한다. 성서가 잘못이라느니, 거짓이라느니 하며 그 사람이 널 속일지도 몰라. 그런 목사와 신약성서를 읽다보면, 너도 모르는 사이에 그만 믿음을 잃게 되는 거란다."(67페이지)

13

그런데 한스는 이제 새로운 공부의 세계에 빠져들고 있었다. 목사와 누가복음 원문을 강독한 지 한 시간 만에 한스는 이렇게 말한다.

"단 한 시간 만에 그는 학습과 독서의 전혀 새로운 개념을 소년 한스에게 불어넣은 것이다. 한스는 어렴풋하게나마 깨닫게 되었다. 이 모든 시구와 단어 뒤에 어떠한 비밀과 사명이 숨어 있는지, 그리고 예로부터 수많은 학자들이나 명상가들이나 연구가들이 이러한 문제와 어떻게 씨름해 왔는지, 한스는 공부를 하는 가

운데 마치 자신이 진리 탐구자의 세계로 발을 디뎌놓은 듯한 착각에 빠져들었다."(69페이지)

조금 위험한(?) 이 시기를 지나고, 한스는 마울브론 수도원에서 첫 학기를 시작한다. 전국에서 선발된 36명의 학생들은 각기 다른 방으로 나누어진다. 한스는 아홉 명의 학우들과 함께 '헬라스 방'에 배정된다. 그러던 중 그는 같은 방의 급우 헤르만 하일너와 묘한 감정을 나눈다. 시를 쓰는 하일너가 오토 벵어와 싸움을 벌였는데, 한스가 싸움 후 침실에 혼자 있는 그를 위로하러 갔을 때 키스를 한 것이다. 이후 낭만적인 시인인 하일너와 모범생 한스는 친구가 된다. 그런데 하일너의 급격한 감정은 차츰 한스의 생활 습관과 감정을 무너뜨리기 시작한다.

14

"감수성이 예민한 시인 하일너는 특히 흐린 날에 발작을 일으켰다. 늦가을의 비구름이 하늘을 어두컴컴하게 뒤덮고, 구름 뒤로 달이 어슴푸레한 엷은 베일의 틈새를 비집고 모습을 드러내며 궤도를 그려갈 때, 비탄에 젖은 그의 신음 소리는 언제나처럼 절정에 달하곤 했다… 그러고는 아무 죄도 없는 한스에게 마구 퍼부어대는 것이었다."(119페이지)

하일너로 인해 한스의 때묻지 않은 자아의 순수한 존재가 병들었지만, 차츰 한스에게 잠들어 있던 시인의 감성을 깨우는 역할도 했다.

"지금 그는 난생 처음 아름답게 흘러나오는 언어와 사람을 홀리게 만드는 영상과 듣기 좋은 음률이 지닌 매혹적인 힘을 아무런 저항 없이 느끼게 되었다. 새로이 열린 세계에 대한 한스의 숭배는 친구를 향한 경탄과 더불어 하나의 감정으로 자라나고 있었다."(120페이지)

그러던 중 하일너가 루치우스와 시비가 생겨, '자유를 박탈당하는 무거운 금고형'에 처해진다. 한스는 친구로서 하일너의 편이 돼야 하지만, 학교의 조치를 거스를 수도 없어 고민과 자책에 빠진다. 이런 고민도 잠시, 크리스마스가 다가오고, 학생들은 첫 방학을 맞아 들뜬 마음에 고향으로 돌아간다.

방학을 마치고 학교로 돌아온 후 한스에게 이전과 다른 차원의 일이 닥친다. 바로 같은 방에 있던 힌딩어의 죽음이다. 힌딩어는 혼자 스케이트를 타러 갔다가, 익사하고 만다. 친구의 죽음 후 한스는 다시 하일너와 우정을 되찾는다. 대신에 학업에 대한 열정은 식어간다. 그런 한스를 히브리어를 가르치는 교장 선생님이 불러 충고한다.

"그럼, 그래야지. 아무튼 지치지 않도록 해야 하네. 그렇지 않으면 수레바퀴 아래 깔리게 될지도 모르니까."(146페이지)

교장의 충고에도 한스는 하일너를 멀리할 수 없었다. 이와 함께 수도원의 공부에 지치기 시작했다. 반면에 그리스어로 읽는 복음

서의 내용은 더욱 선명하게 다가와, 그가 직접 겪는 듯한 느낌으로 다가왔다. 그러나 학업 전반에 대한 관심이 사라져가고 있었다. 그러던 중 오토 벵어와 싸움이 벌어지고 제대로 얻어맞았다.

"이때부터 한스는 독한 마음을 먹고 주위와의 모든 관계를 끊어버렸다. 같은 방의 동료들과도 거의 말 한 마디 나누지 않았다."(152페이지)

다행인지 불행인지 다시 하일너와 우정이 시작됐다. 하지만 최우등생에서 밀려난 한스를 걱정하는 학교 측으로서는 이것이 당연히 맘에 들지 않았다. 그리고 하일너가 무단으로 학교를 떠났다가, 결국은 퇴교 조치를 당하고 만다. 그러자 그 비난이 한스에게도 쏟아진다. 더 이상 학생들 사이에 끼지 못한 한스도 "문둥병자(한센병)나 다름 없는 존재"(169페이지)가 된 것이다. 수업 시간에 자신을 잃은 한스는 곳곳에서 경기를 일으켰다. 결국 한스는 방학과 함께 이 학교에서 떠날 것이 예정되고 있었다.

고향으로 돌아온 한스에게 아버지는 심한 꾸중보다는 신경증을 치료하기 위해 더 많이 고민한다. 고향 마을에서도 한스의 마음에서는 퇴교당한 하일너와 죽은 힌딩어가 떠나지 않으면서 불안이 지속된다. "사랑마저 빼앗기고 모두에게 버림받은 한스는 자그마한 정원에 앉아 햇볕을 쬐거나 숲속에 누워 몽상에 젖었다"(181페이지)는 표현이 인상적이다.

그런 한스에게 '위로자의 가면을 쓴 또 다른 유령'이 다가온다. 바로 죽음이다. 권총을 구하거나 숲속 나무 어디에 밧줄을 매다는 일은 그리 어렵지 않았다. 그러던 중 수영을 하기 위해 강을 거슬러 상류로 가다가 3년 전 자신이 좋아했던 검시관 게슬러로 딸 엠마가 와 있다는 것을 알았다. 그때와는 달리 그녀는 나긋나긋한 몸매를 지닌 매우 아리따운 아가씨가 되어 있었다.

그런데 한스라는 나무는 이미 큰 줄기를 베어낸 상태라고 생각한다. 줄기를 벤 자국 옆에서 무성하게 줄기는 생기지만, 큰 나무가 되지는 못한다는 생각이 한스를 지배한다. 한스는 고향 도시에서 안정적인 사람들이 사는 '게르버 거리'와 불안정한 마을인 '매의 거리'를 이야기한다. 특히 '매의 거리'에 사는 슬픈 인생을 두루두루 이야기한다. 그리고 직접 '매의 거리'와 피혁(가죽 공예) 공장을 찾는다. 그러나 이미 추억 속의 장소가 아닌 그곳을 더 찾지 않으리라 다짐한다. 가을이 깊어가지만 한스는 여전히 정처를 찾지 못한다.

"건강한 삶에는 나름대로의 내용과 목적이 있어야 하는데, 젊은 기벤라트의 삶에서는 이미 그 목적과 내용이 사라져버렸기 때문이다. 아버지는 한스를 서기나 기능공으로 만들려고 마음먹었다."(200페이지)

최고의 엘리트로 기대됐던 한스에게 이제 남은 길은 서기나 기능공이다. 다행히 한스는 더 이상 자살을 염두에 두지 않는다. 그 가을, 마을은 과즙 짜는 축제가 벌어진다. 한스도 그곳을 찾는다.

한스의 머리를 지배하는 것은 엠마다.

엠마는 한스와 상관없이 밝고 행복하다. 그리고 그날 한스는 엠마와의 작은 스침 속에서 '참신한 사랑의 힘'을 알기 시작한다. 이것은 쾌락을 아는 대신에 어린 시절의 세계를 떠나보내는 것을 의미한다.

"한스는 자신이 하일브론의 아가씨를 사랑하게 되었다는 사실을 깨닫고 있었다. 하지만 그에게는 이제 막 눈뜨기 시작한 남성다운 혈기가 그저 낯설고, 초조하고, 피곤하기만 한 상태로 어렴풋이 이해될 뿐이었다."(215페이지)

집으로 돌아와 식사를 한 한스는 다시 엠마가 있는 집으로 향한다. 어느 순간 웅성거리는 집을 지켜보는 한스를 눈치 챈 엠마가 집을 나와 그에게 다가온다. 그리고 타오르는 듯한 입술이 한스의 입술을 찾는다. 키스가 끝나고 엠마는 내일 다시 오라고 말한 후 집으로 들어간다.

다음 날 한스는 옛 친구 아우구스트를 찾아가 견습공이 되기로 결심한다. 그런데 더 중요한 것은 밤에 엠마를 만나는 것이었다. 엠마는 어제보다 더 적극적이다. 한스의 손을 그녀의 코르셋 아래로 밀어 넣었다. 하지만 한스는 피곤하다는 핑계로 집으로 돌아온다.

그의 기대와 달리 자신의 집에서 열린 과즙 짜기 행사에 엠마는 오지 않았다. 그녀가 그날 고향 집으로 갔기 때문이다. 한스는 열정에 들떠 있지만 차분하게 자신에게 주어진 주물공장의 견습공 일에 자신을 맞춘다. 하지만 견습공 일은 쉽지 않다.

한스의 친구이자 견습공 선배인 아우구스트가 비라하에 놀러 가는 유흥 모임에 물집으로 고생하던 한스를 끼워준다. 한스는 견습공들과 유쾌한 술자리를 가진다. 하지만 더 이상 놀기가 힘들다는 것을 깨닫고 집으로 향한다.

그리고 그는 집에 돌아오는 대신에 싸늘한 시체가 되어 검푸른 강물을 따라 내려간다. 죽음 앞에서 오랜만에 마을 사람들은 그 지역에서 태어났던 수재 시절의 한스를 치켜세운다.

2. 『수레바퀴 아래서』와 헤세

헤세(Hermann Hesse)는 1877년 7월 2일 독일 남부 칼브에서 선교사의 아들로 태어났다. 어려서부터 남다른 데가 있었다. 어머니조차 "이 네 살의 아이는 제가 감당할 수 없을 정도의 지력과 굳은 의지를 가지고 있습니다"라고 말했다. 실제로 헤세는 열세 살에 부모 곁을 떠나 괴팅겐의 라틴어 학교에 들어가고, 다음 해에 엘리트 코스인 마울브론 수도원의 신학교에 입학한다. 하지만 규칙과 인습에 얽매인 신학교 기숙사를 버틸 수 없었고, 학교에서 쫓겨난다. 이후 고향으로 돌아온다.

소설의 주인공 한스가 곧 헤세인 것이다. 헤세의 삶도 소설의 주인공 한스가 겪는 것과 비슷하다. 하지만 그 과정이 전혀 무의미한 것은 아니다. 한스는 그 엘리트 학교에서 처음으로 다양한 사회를 만나기 때문이다. 괴짜 문학소년 하일너를 통해 시 등 문학을 느낀다. 익사한 친구 힌딩어를 통해 죽음이 무엇인지도 깨닫는다. 한스가 같이했던 '헬라스 방'은 그에게 처음 만난 사회였기 때문이다.

헤세도 한스가 겪었던 모습과 똑같이 자퇴하듯 학교를 나와 고향으로 돌아온다. 전국 시험에서 2등을 할 만큼 주목받는 지역 유망주가 이제 무기력한 퇴학생이 된 것이다. 그 모습은 상상하기 어렵지 않다. 남들의 시선도 있지만, 아버지에게 가장 미안했을 것이다. 스스로는 더 자괴감에 빠질 수밖에 없다.

한스처럼 헤세도 자살 기도 후 정신 병원에 입원했다가 칸슈타트 인문학교에 입학해 다시 학업의 가능성을 엿본다. 하지만 그는 적응하지 못한다. 적응을 못 하는 것은 학업의 문제라기보다는 이미 그가 사회에서 겪을 수 있는 대부분을 겪어본 이상 세상이 너무 허무하게 느껴졌던 탓과 이성 문제로 보인다.

실제로 헤세는 1892년 바트 볼에서 엘리제와 첫사랑에 빠지고, 이것이 자살 기도의 원인이 되기도 했다. 그뿐만 아니라 다음 해에도 오이게니 콜프에게 사랑을 고백했다가 거절당하기도 한다.

그럼 한스가, 혹은 헤세가 엘리트 코스를 지속적으로 다녔다면 어떤 모습일까. 그가 신학교에 다니던 1890년 당시 독일은 빌헬름 1세, 2세가 황제로 있던 시기다. 독일은 오스트리아와 더불어 러시아, 이탈리아 간 동맹을 결성하기도 한다. 그러던 중 1912년에는 제국의회 의원 선거에서 사회민주당이 1당이 된다. 사회민주당은 대

기업에 대한 규제와 동유럽과의 화해를 주요 강령으로 채택한 정당으로 이후에도 독일에서 가장 강력한 정치 세력으로 유지된다. 이때 헤세의 나이가 35세인데, 사회 지도층으로 있었다면 의원으로 나갔을 가능성도 있다. 이후 1914년 6월에는 사라예보 사건으로 제1차 세계대전이 예고되고, 8월에는 독일이 러시아와 프랑스에 선전 포고한다. 1919년 8월에는 바이마르 공화국의 헌법이 선포되는데, 그때 헤세의 나이가 42세이다. 1923년 11월에는 뮌헨의 맥주홀에서 히틀러가 쿠데타를 시도하고, 10년 후인 1933년 1월에는 히틀러가 수상에 취임한다. 이때 헤세의 나이는 56세다.

만약 헤세가 방랑과 문학의 길이 아닌 정치의 길을 걸었다면 어땠을까. 가정만은 아니다. 헤세는 제1차 세계대전이 발발하자 군입대를 자원한다. 복무 부적격 판정을 받아, 베른에서 <독일 포로 구호> 기구에서 복무하며 전쟁 포로들과 억류자들을 위한 활동을 시작한다. 자신의 출판사를 만들어 소책자를 발간하고, 수많은 정치적 논문, 경고호소문, 공개서한을 독일, 스위스, 오스트리아에서 발표한다. 하지만 그는 전쟁을 위한 호소문이 아닌 평화를 위한 호소문들을 중심으로 했다.

그런 그의 활동 가운데서 그의 나이 29세 되던 1906년에 나온 『수레바퀴 아래서』는 어떤 의미를 지닐까. 우선은 젊은 날 헤세가 가진 다양한 생각을 잘 엿볼 수 있다는 점에서 흥미롭다. 뿐만 아니라 어린 소년이 가지는 학문에 대한 생각, 문학에 대한 생각, 여성에 대한 생각, 죽음에 대한 생각의 다양한 깊이를 만날 수 있다.

많은 이들은 한 사람의 지식이나 감성이 나이가 들수록 성장한 다면서 가장 대표적인 사례로 헤르만 헤세를 든다. 하지만 헤세의 이십 대 후반은 그 나이 자체로 충분히 독립적이고, 아름다운 한 형태를 가지고 있었다. 이 시절의 한스가 성장해 『유리알 유희』의 주인공 요제프 크네히트가 될 수 있지만, 한스는 한스이고, 크네히트는 크네히트의 개성이 있다.

1906년 무렵은 헤세가 가정을 이루고, 첫 아이 브루노를 얻는 등 한 개인의 삶에서 다양한 이벤트가 있었던 시기였다. 그런데도 헤세는 가정에 정착하기보다는 뭔가 겉돈다. 이런 심리가 가장 잘 드러나 있는 게 바로 『수레바퀴 아래서』다.

헤세는 17세인 1894년부터 칼브의 시계공장 실습생으로 일하다가 그만두고, 1895년 튀빙엔에 있는 헤켄하우어 서점의 책 거래 견습생으로 들어간다. 그때부터 시 「낭만적인 노래들」, 소설 「고슴도치」 등을 쓰면서 작가로서 가능성을 엿보이기 시작한다.

1901년에는 이탈리아를 여행하고, 다음 해에는 『시집』을 출간한다. 1903년 두 번째 이탈리아를 여행하고, 다음 해에 『페터 카멘친트』를 출간한다. 아울러 27세인 이 해에 마리아 베르누이(Maria Bernoulli)와 결혼한다.

1905년에는 첫 아들 브루노가 출생하고, 1906년 소설 『수레바퀴 아래서』를 출간한다. 29세에 출간한 이 소설은 작가의 어린 시절에 대한 변호와도 같은 소설이다. 새로운 것을 받아들이기 싫어하는 낡은 관념에 빠진 위선적인 사회와 권위에 희생된 자신의 삶에 대한 정의이자, 개인의 창의성과 자유로운 의지를 짓밟는 제도와 교육에 대한 비판을 잘 녹여낸 소설이기 때문이다.

역자인 김이섭 교수는 "(헤세가) 추구한 문학의 과제는 동양 정신과 서양 정신의 접목, 지성과 감성의 결속, 현실과 이상의 융합"이라고 말하며, 이 소설(『수레바퀴 아래서』)은 두 번째부터 해당한다고 부연했다.

24

3. 『수레바퀴 아래서』 산책

헤세의 소설은 나이가 있다. 『수레바퀴 아래서』는 10대의 헤세를 보여준다. 특정하면 10대 후반이다. 그리고 헤세의 10대를 대표하는 가장 중요한 단어는 '방황'이다. 물론 이 방황은 일탈만을 의미하지 않는다. 그것은 자기 인생 전반에 대한 확신을 갖지 못하는 시기에 누구나 겪을 수 있는 고민이다. 따라서 그 나이를 막 지났거나, 겪는 이들에게 공감이 크다.

내가 이 소설을 접한 것은 스무 살 무렵이었다. 대학 시험을 보다가, 행정고시를 준비하다가, 군대에 가야 하는 등 갈피를 잡지 못하던 시기였다. 그러던 중 우연히 이 소설을 만났고, 나는 그 후 헤세의 소설들을 차례로 읽어갔다. 물론 헤세를 만났다고, 의식이 순식간에 성장할 리는 만무했다. 대신에 따뜻한 위안을 느꼈다. 노벨문학상을 받은 거대한 문인에게도 저런 시절이 있었구나 하는 약간의 안도감 같은 것이었다.

헤세의 소설이 좋은 것은 너무나도 인간적인 이야기이기 때문이다. 물론 『수레바퀴 아래서』의 한스는 평범한 사람은 아니다. 전국의 최고 엘리트들이 모이는 신학교 시험 '헤카콤베'에서 2위를 했다는 것은 그가 평범한 인재가 아님을 말한다. 이런 자부심은 소설에서 "아직 한 번도 재간꾼이나 천재를 길러내지 못한 바로 이 오래된 마을에 정말이지 하늘로부터 신비로운 불꽃이 내려온 셈"이라 말할 정도다.

소설에서 나오는 시험 과목들을 보면 열네 살 소년이 입학하기에 결코 만만치 않음을 알 수 있다. 14세면 우리 나이로 중학교에 입학할 나이이다. 그런데 이 아이는 라틴어, 그리스어, 독일어 작문, 산수와 종교 시험 등을 치렀다. 거기에 시험관이 묻고 답하는 구술 시험도 있었다.

전국 2등이라는 좋은 성적으로 합격한 한스에게는 이제 탄탄대로가 보장될 수 있었다. 실제로 소설에서 "그(한스)는 같은 또래의 모든 아이들을 앞질러버렸고, 그 아이들은 이제 그의 발아래 있게 되었다"고 말한다. 이런 말이 사실 낯설지는 않다.

내가 고등학교에 입학한 1980년대 중반은 전두환의 집권으로 고교 평준화가 시행된 직후였다. 그전에는 사회에서 엘리트로 성장하는 길은 확연했다. 공부를 잘 한다면 중학교부터 그 지역에 있는 명문 중학교로 가기 위한 시험을 치러야 했다. 가령 행정 단위가 분리되기 전에 광주, 전남 지역에서 엘리트 코스는 광주서중과 광주일고를 거친 후 서울법대를 입학하는 것이었다. 물론 앞선 시기에 최고 엘리트는 광주일고 대신에 서울에 있는 경기고등학교에 입학하기도 했다. 어떻든 이 시기에 광주일고는 한 해에만 서울대를 100명 이상 보냈다. 지역마다 이런 학교가 있었는데, 부산고, 경북고, 전주고, 대전고, 춘천고 등도 이런 시절을 겪었다.

하지만 이런 흐름은 1974년 고교 평준화가 도입되면서 서서히 약해졌고, 1980년대에 완전히 끝났다. 대신에 성적이 아주 우수한 친구들은 과학고로 불리는 학교를 선택했다. 물론 말 그대로 과학을 기반으로 한 학교였기 때문에 인문을 희망하는 학생들은 선택하기가 쉽지 않았다.

27

주인공 한스 역시 이런 특별한 학교를 선택했다. 하지만 어린 학생들이라고 해서 자신들의 개성이 없을 리 없고, 다양한 모습이 나타날 수밖에 없었다. 주인공 한스로 설명되는 헤세의 신학교 모습도 별반 다르지 않았을 것이다. 사실 한스는 신학교에 가기 전에 목사와의 수업을 통해 이런 경험을 한다.

"한스는 어렴풋하게나마 깨닫게 되었다. 이 모든 시구와 단어 뒤에 어떠한 비밀과 사명이 숨어 있는지, 그리고 예로부터 수많은 학자들이나 명상가들이나 연구가들이 이러한 문제와 어떻게 씨름해 왔는지, 한스는 공부를 하는 가운데 마치 자신이 진리 탐구자의 세계로 발을 디뎌놓은 듯한 착각에 빠져들었다."(69페이지)

신학교의 수업도 그 느낌과 크게 다르지 않았다. 하지만 다른 것도 있었다. 바로 문학에 빠진 친구 하일너와 이상한 우정이다. 이 기인(奇人)과의 우정이 한스를 지치게 만들었고, 때묻지 않은 자아의 순수한 존재를 병들게 했다.

"(한스는) 난생 처음 아름답게 흘러나오는 언어와 사람을 홀리게 만드는 영상과 듣기 좋은 음률이 지닌 매혹적인 힘을 아무런 저항 없이 느끼게 되었다. 새로이 열린 세계에 대한 한스의 숭배는 친구들을 향한 경탄과 더불어 하나의 감정으로 자라나고 있었다."(120페이지)

거기에 친구 하일너의 기이한 행동은 학교에서 제재를 받기 시작하는데, 한스는 쉽게 그 일에 나설 수도 없었다. 결국 이런 사이에서 한스의 갈등은 심해진다. 서서히 한스는 학교생활 자체에 대한 신념을 잃어간다.

사람들은 많은 선택을 한다. 특히 고등학생들은 대학을 선택하면서 전공도 선택한다. 물론 미래를 위해 의사나 법률가, 행정가 등 안정적인 직업을 선택하는 경우가 많다. 하지만 그 선택이 완전히 인생 전반과 일치되지는 않는다.

의학을 전공하고도 이런저런 이유로 벤처 사업에 빠진 이들이 있고, 반도체를 전공하고도 인문학을 강의하는 전문 강사가 된 이들이 있다. 그리고 지금처럼 '4차 산업혁명'이 대두되기 전까지 사람들에게는 이런 삶이 문제가 있는 것으로 인식되기도 했다. 하지만 인공지능(AI)이 인간의 능력을 넘보기 시작하고, 로봇이 인간보다 훨씬 효율적인 역할을 하는 시대에는 자신이 가진 한 가지 능력만으로 미래를 보장받을 가능성은 매우 낮다. 가령 지금은 의사가 다른 직업에 비해 수입이 높은 직종에 속하지만 로봇이 주도하는 수술시스템 다빈치의 기술이 더 발전하고, 진단에 탁월한 의료 인공지능(AI) 왓슨이 상용화됐을 때는 어떻게 바뀔지 예상할 수 없다. 왓슨의 경우 암을 예측하는 능력에서 인간을 이미 앞섰고, 이러한 인공지능은 의료, 금융, 주식, 교육, 가전 등으로 그 기능과 범위가 확대되고 있다.

한스의 초반기 좌절은 그런 선택의 문제로 인해 혼돈에 빠진 이들에게 적지 않은 공감을 준다. 하지만 한스의 급브레이크에 교장이 한마디 던진다.

"아무튼 지치지 않도록 해야 하네. 그렇지 않으면 수레바퀴 아래 깔리게 될지도 모르니까."(146페이지)

하지만 한스는 이후 외부와의 소통을 철저히 단절한다. 같은 방의 동료와도 말 한 마디 나누지 않는다. 공부 시간에 집중하는 주의력도 모두 잃어버리고, 성적은 급전직하한다. 서서히 그는 "문둥병자(한센병)나 다름없는 존재"(169페이지)가 되어버린 것이다.

결국 한스는 요양 휴가를 내서 고향으로 돌아온다. 물론 그것이 휴가가 아닌 퇴교라는 것을 모르는 이는 없다. 고향에 돌아온 한스에게 '위로자의 가면을 쓴 또 다른 유령'이 찾아온다. 바로 죽음이다. 권총을 구해 자살을 하는 방식을 찾고, 나무에 밧줄을 매고 자살을 할 공간을 찾아내고는 안도한다.

그러는 사이에 주 시험을 치른 지 1년이 지나고 다시 무더운 계절이 찾아온다. 한스는 검사관 게슬러의 집을 지나다 3년 전 자신이 좋아했던 엠마가 집에 돌아와 있다는 것을 알게 된다. 하지만 그녀에 대한 느낌도 어렸을 때 느꼈던 그런 감정이 아니다. 모든 것이 너무 변해 있었다.

가을이 온다. 아버지는 한스가 서기나 기능공이 되는 방향으로 삶을 끌어가려 한다. 한스 자신도 어느새 죽음을 염두에 두지 않는다. '자신의 젊음이 이러한 바람(죽음)에 반기를 들고, 은근히 생에 집착하고 있다는 사실'을 알기 때문이다.

그러던 중 한스에게 철학적 영감을 주기도 하던 플라이크 아저씨가 하일브론에서 온 조카딸 엠마를 소개하고, 마을 축제의 하나인 '과즙 짜기'를 하다가 한스는 엠마에게 이성으로 끌림을 느낀다. 얼마 후 한스는 그녀가 있는 곳을 찾아가 그녀와 키스를 하고는 헤어진다.

아버지는 과거를 잊고 한스에게 평범한 기능인으로서의 미래를 제시한다. 한스는 엠마와의 키스에서 행복을 느끼지만 더 이상의 용기를 내지는 못한다. 그리고 얼마 후 한스는 엠마가 고향 마을로 돌아갔다는 소식을 듣는다. 대장장이로의 견습이 시작된다. 하지만 그 일도 집중을 할 수 없다. 옛 친구는 "주 시험에 합격한 대장장이!"라며 한스를 놀린다.

며칠 후 기능공 선배인 친구 아우구스트가 주선한 '밤 술자리'에 함께한 한스는 일행들과 술집들을 순례한다. 그러다 한스는 대열에서 나와 집으로 향한다. 다음 날 한스는 익사한 채로 발견된다. 한스의 이름이 마을에서 잠시나마 다시 화제가 된다.

이 소설이 엘리트로 촉망받다가 좌초한 헤세의 자전 소설이라는 것에 이의를 제기하는 사람은 많지 않다. 흥미로운 것은 헤세가 이 소설을 통해 보여주려 했던 가장 근본적인 이야기가 무엇인가다.

첫 번째는, 사람은 누구나 좌절할 수 있고 방황하는 존재라는 실존적 문제를 소설로 형상화한 것이다. 이것은 헤세가 정신적으로 많은 부분을 배웠던 니체가 말한 "춤추는 별을 잉태하려면 반드시 스스로의 내면에 혼돈을 지녀야 한다"라는 말과도 상통한다. 만약 헤세(곧 주인공 한스)가 신학교에서 중퇴하지 않고 엘리트 코스를 밟았다면, 정치가가 되었을 수도 있다. 최악의 경우 히틀러에 부역하는 정치인이 될 수도 있었다. 하지만 헤세는 고국을 등지면서까지 전쟁을 반대했다. 물론 이 소설을 쓰던 시기는 히틀러가 등장하기 한참 전이니, 그런 상황까지를 예상할 수 없지만, 결국 엘리트가 주도하는 사회 시스템을 리드하기에 너무나 여린 자기 자신을 잘 돌아본 소설이라고 할 수 있을 것이다.

두 번째는 순수한 자기변호 욕구였을 수도 있다. 소설에 나오는 "주 시험에 합격한 대장장이!"라는 말이 헤세의 귓가에서 완전히 벗어난 시간은 언제였을까. 아마도 만년 작 『유리알 유희』를 끝내던 1943년이나 노벨문학상을 수상하던 1946년쯤일 수도 있다. 이때는 그가 정치의 길로 갈 수 있는 최고의 지점보다, 문학의 길을 선택해 얻은 목표점이 훨씬 높은 시기였기 때문이다. 실제로 그는 우리의 중학교 졸업에 해당하는 김나지움 입학이 마지막 학력이다. 그 전에 헤세는 가정적으로나 정치적으로 항상 혼돈 상태에 있었다. 두 번의 이혼과 54세인 1931년 니논 돌빈(Ninon Dolbin)과의 재혼까지 그는 결코 안정된 가정생활을 하지 못했다. 고국을 떠나 스위스 국적을 거푸 취득해야 했고, 히틀러 시절 고국에서는 불온하다는 이유로 그의 작품이 인쇄되지 못하기도 했다. 어쨌든 그는 이런 과정에서 자신이 제대로 살아가는지에 대한 끝없는 회의에 빠졌을 것 같다.

세 번째는, 사람들에게 과연 일상적인 삶이 그렇게 행복한가를 묻고 싶었을 수 있다는 생각을 한다. 소설에서 죽음에 이르기 전 한스의 삶이 그렇다. 소설에서 긴장된 한스는 결국 엠마와의 관계를 더 발전시키지 못한다. 조금은 미숙한 청년이지만, 그는 그간에 만나던 여자에 대한 막연한 상상을 더 구체화하지 못한다. 이런

32

삶이 고달프면 헤세를 만나라

미숙함은 일자리를 찾는 데서도 나타난다. 정상적이라면 한스는 엠마와 키스만으로 끝내는 게 아니라 더 깊은 관계로 진척해야 맞다. 그런데 헤세는 1905년 첫 아들 브루노를 얻은 이후 발표(1906)한 소설에서 주인공 한스가 강에 빠져 죽는 방향으로 결론을 낸다. 헤세의 실제 삶도 한스에 비해 특별히 나을 것은 없다. 차이가 있다면 헤세는 인도 여행, 전쟁 참여 등으로 더 힘든 삶 속에 숨은 비밀을 만나야 했다는 정도다.

이런 헤세의 삶에서 그가 만들어내는 소설이나 시는 당연히 그 스스로를 위로하는 행위이기도 했을 것이다. 작가는 결과적으로 작품을 통해 소통하고, 독자들의 반응을 통해 치유받기 때문이다. 동시대를 살아가는 많은 이들이 헤세의 작품에 열광했던 것은 정치가들에게서 나오는 일반적 자기애가 아닌, 가장 아픈 상처를 보여줌으로써 공감을 통해 치유하는 역할을 할 수 있기 때문이다.

나에게도 『수레바퀴 아래서』는 많은 위로를 준 소설이었다. 1995년부터 PC통신 하이텔에 연재하던 독서일기를 두 권의 전자책으로 출간할 때, 제목이 '수레바퀴 아래에서 책읽기'였다. 지금도 eBOOK으로 존재하는 이 책의 제목을 이렇게 정한 것은 내가 주인공 한스를 나와 동일시하던 시절이 있다는 것을 오마주하는 느낌 때문이었다.

그리고 소설 속 주인공이나 실제 그와 부인들과의 이야기를 담은 『헤르만 헤세의 사랑』을 보면 그가 사랑이라는 감정을 어떻게 알아가고, 성숙해가는지를 엿볼 수 있다.

실제로 나 역시 그랬다. 초등학교 2학년 때 서울에서 전학 온 여학생에 대한 짝사랑을 시작으로 커가면서 시시각각 이성에 대한 관심이 있었다. 하지만 하나같이 미숙했고, 결론도 헤세처럼 뭔가 어색했다. 내가 헤세를 좋아했던 것은 이런 점이 비슷해서 그랬던 것인지도 모르겠다.

그런 의미에서 『수레바퀴 아래서』는 청춘이라는 격정의 시대를 넘어 방황하는 젊은이들에게 많은 공감을 주는 책으로 남을 것이다.

34

제2장
크눌프

1. 『크눌프』 스토리

이 작품은 「초봄」(1913), 「크눌프에 대한 나의 회상」(1908), 「종말」 (1914)의 단편 세 편을 함께 묶은 중편 연작 소설이다.

주인공 크눌프를 만나보자. 1890년대 초 몇 주간 병상에 누워 있던 크눌프는 날씨가 고약한 2월 중순에 퇴원한다. 다시 열이 오르자 크눌프는 몇 년 전 한 달 동안 같이 방랑했던 레히슈테텐에 사는 무두장이(피혁공) 에밀 로트푸스에게 얼마간 신세지기로 마음먹고, 그의 집을 찾는다.

로트푸스는 여전히 방랑하는 그를 흔쾌히 맞고, 친구의 아내 역시 밝고 낭만적인 크눌프를 반기는 분위기다. 덕분에 "(크눌프는) 추위와 방랑의 고통이 사라지는 것을 느끼며, 적이 만족스럽게 따뜻하고 보호받고 있다는 행복감에 잠겨"(17페이지) 있었다.

다만 안주인이 지나치게 그에게 호의적인 것이 불편한 상황인데, 크눌프는 다락방에서 건너보이는 집의 젊은 식모 베르벨레에게 마음이 끌린다. 크눌프는 휘파람으로 노래를 부르며 베르벨레의 마음을 끄는데, 여행자 크눌프는 만나는 이들에게 호감을 끌기에 충분했다.

"그는 마치 어린아이처럼 모든 사람들에게 말을 걸고 그들을 자신의 친구로 삼았으며, 모든 소녀들과 여인들에게 재미있는 이야기를 들려주며 매일 매일을 일요일처럼 살았다."(31페이지)

크눌프의 말과 행동은 언제든 어디서든 모든 사람들에게 항상 호감을 주었다. 하지만 그는 그곳에 안주하는 것을 생각하지는 않았다.

"그는 이 모든 게 싫었다. 그것들은 그의 목표도 아니었고 그의 행복이 될 수도 없는 것들이었다. 만일 몸이 건강하고 계절이 여름이라면 이곳엔 잠시도 더 머물러 있지 않을 거라고 그는 생각하는 것이었다."(42페이지)

여행 친구 로트푸스가 있고, 마음에 드는 처녀 베르벨레를 만났지만 크눌프는 레히슈테텐을 이제 떠나야 한다. 친구의 부인이 다락방에 있는 그에게 지나치게 호의적인 것이 불편한 관계를 만들 수 있었기 때문이다.

멋진 여행자인 크눌프에 대한 회상으로 시작하는 두 번째 단편 「크눌프에 대한 나의 회상」은 "즐거운 청년 시절이 한창이던 때, 크눌프도 아직 살아있던 때의 일이다"라는 문장을 통해 그의 죽음을 예고한다.

그러면서 소설의 화자는 크눌프의 인생에서 사랑했던 여인들의 이야기를 들려준다. 고향 마을의 첫사랑 헨리에테, 두 번째 여인 리자베트 등의 이야기도 있다. 하지만 크눌프는 어디에도 정착할 수 있는 사람이 아니었다. 그 스스로 어떤 한 인물로 규정되기는 쉽지 않았다.

"신부, 교사, 시장, 사회민주주의자, 자유주의자들이 얘기하는 걸 들었지. 하지만 그중의 어느 누구도 가슴 속 깊이 진실한 사람은 없었고, 위기의 순간에 자신이 깨달은 지혜를 지키기 위해 스스로를 희생하리라 믿어지는 사람도 없었지."(81페이지)

그런 점에서 그는 '차라리 말을 떠벌이는 사람들보다 음악을 연주하며, 모금을 하는 구세군에서 더 진실한 사람을 찾을 수 있다'는 의견을 펴기도 한다. 하지만 두 번째 단편의 화자도 크눌프를 더 이상 보지 못했다. 그가 더 마시지 말라는 크눌프의 요구를 거절하고, 술을 더 먹자, 그를 떠나 버렸기 때문이다.

세 번째 단편 「종말」은 제목처럼 크눌프의 마지막을 이야기한다.

시월의 어느 청명한 날 시골 의사 마홀트는 길에서 한 나그네를 만난 후 말을 건다. 그리고 그가 어릴 적 같은 선생님 밑에서 공부했던 크눌프라는 것을 안다. 그들은 같이 라틴어 학교를 다니면서 제법 친했던 사이였다. 어릴 적에는 크눌프가 마홀트에게 라틴어 공책을 베낄 수 있게 해줄 만큼 친한 사이였다.

마홀트는 크눌프의 몸이 좋지 않다는 것을 알고, 그를 집으로 데려온다. 실제로 크눌프는 폐결핵으로 쉽지 않은 상황이었다. 그리고 이야기를 통해 크눌프가 라틴어 학교를 떠나, 독일어 학교로 옮기고, 이후 어떻게 방랑의 삶을 살고 있는지 듣게 된다.

크눌프는 열세 살 무렵 집에 찾아온 친척 여자애와 놀면서 여성에 대한 호기심을 갖기 시작한다. 이후 친구들을 만나기보다는 여자애들과 어울려서 이상한 감정에 빠지는 것을 즐긴다. 그런데 이 과정에서 크눌프는 두 살 많은 프란치스카라는 여자에 완전히 빠져버린다. 프란치스카는 크눌프가 인문학 학교에 다니기 보다는 실용적인 것을 배우는 독일어 학교로 옮기고 더 빨리 남자가 되어주길 원한다. 결국 크눌프는 터무니없는 행동으로 독일어 학교로 옮기는 데 성공하지만 프란치스카는 크눌프 대신에 더 건장한 기계 견습공과 사귄다. 크눌프의 첫사랑은 그렇게 허무하게 끝을 맺는다.

이후 크눌프는 정착하는 삶 대신에 집시처럼 이동하는 삶을 산다. 그리고 사십 대의 나이에 폐결핵을 앓게 된다. 몸이 쉽지 않은 상태에서 자연스럽게 고향인 게르버자우로 가는 길에 친구 마홀트를 만나 몸을 추스릴 수 있게 된 것이다.

입원을 권하는 친구에게 크눌프는 다른 지역보다는 고향 병원으로 갈 수 있게 해달라고 부탁한다. 친구가 내어준 마차를 타고 고향에 돌아온 크눌프는 병원 대신에 추억의 장소들을 하나둘씩 찾는다.

언젠가 저녁 무렵에 프란치스카와 맨발로 물속에서 철버덕거리며 앉아 있었던 장소, 자신을 잘 기억하지 못하는 친구들의 집을 찾는다.

크눌프는 병원에서 안정을 찾는 대신, 그가 젊은 시절부터 이용했던 숙소를 전전하는 가운데 계절은 차갑게 깊어간다. 그러면서 죽음에 다가가는 크눌프는 하느님과 대화를 시작한다.

"그는 하느님이 우리에게 아무것도 할 수 없는 분이라는 걸 알고 있었다. 그러나 하느님과 크눌프는 그의 삶이 무의미했는지에 대해, 그리고 그것이 어떤 식으로 달라질 수 있었는지, 또 이런저런 일들이 왜 그런 식으로 진행될 수밖에 없었는지에 대해 함께 이야기했다."(131페이지)

크눌프는 하느님에게 순간 순간을 원망한다. 열네 살 때 프란치스카가 자신을 버리고 떠나버렸을 때, 죽게 해주지 않은 것을 묻는다. 이때 하느님은 그가 인생에서 좋았던 순간들을 상기시킨다. 젊은 시절 소녀들의 눈에서 눈물이 흐를 만큼 멋지게 노래하고 하모니카를 연주하던 모습, 첫 여인 헨리에테의 기억, 두 번째 여인 리자베트 등의 추억도 마찬가지다. 하느님과의 이야기를 통해 크눌프는 전반적인 것을 시인하고 말한다.

"하지만 그것도 모두 제가 아직 젊었을 적, 옛날 이야기입니다! 전 왜 그것들로부터 아무것도 깨닫지 못하고, 또 훌륭한 인간도 못 되었을까요? 시간이 충분히 있었는데 말입니다."(133페이지)

하느님도 마지막에는 경고하듯 말씀하신다.

"한탄하는 게 무슨 소용이 있느냐? 모든 일이 선하고 바르게 이루어져 왔고 그 어떤 것도 다르게 되어서는 안 되었다는 것을 정말 모르겠니? 그래, 넌 지금 신사가 되거나 기술자가 되어 아내와 아이를 갖고 저녁에는 주간지를 읽고 싶은 거냐? 넌 금세 다시 도망쳐 나와 숲속의 여우들 곁에서 자고 새 덫을 놓거나 도마뱀을 길들이고 있지 않을까?"(134페이지)

그리고 하느님은 크눌프에게 말한다.

"난 오직 네 모습 그대로의 널 필요로 했었다. 나를 대신하여 넌 방랑하였고, 안주하여 사는 자들에게 늘 자유에 대한 그리움을 조금씩 일깨워주어야만 했다. 나를 대신하여 너는 어리석은 일을 하였고 조롱받았다. 네 안에서 바로 내가 조롱받았고 또 네 안에서 내가 사랑을 받은 것이다. 그러므로 너는 나의 자녀요, 형제요, 나의 일부이다."(134페이지)

크눌프는 더 깨고 싶지 않은 강렬한 의지로 잠에 빠진다.

42

2. 『크눌프』와 헤세

헤세가 소설 『크눌프』를 쓰기 시작한 것은 서른 살 전후다. 1907년에 집필을 시작했고, 발표하기 시작한 것은 1908년부터다. 출간은 38살인 1915년이니 꽤 시간의 간격이 크다. 초반기에는 독일과 스위스가 인접한 보덴제 근처 가이엔호펜에 살았다. 가이엔호펜은 스위스와 호수를 마주하고 있고, 보덴 호수의 일부인 운터 호수(Untersee)가 있는 아름다운 전원 지역이다.

"이 시기는 헤세가 결혼과 함께 안정된 생활을 시작하였으나 자신의 시민적 삶에 만족하지 못하고 탈출을 시도했던 시기이며, 성찰적인 소설들이 풍성하게 발표된 창작 후반기로 접어들기 전의 과도기이기도 했다."(역자 이노은)

즉 가족을 이룬 헤세가 마음속으로 간절하게 바라던 방랑의 기질을 크눌프라는 인물을 통해 대신 전달한 소설로 보면 된다.

1914년 6월 28일 사라예보 사건이 발생한다. 세르비아 청년이 오스트리아 프란츠 페르디난트 황태자 부부를 암살하였고, 이 사건은 제1차 세계대전의 도화선이 되었다. 한 달 후 오스트리아 헝가리 제국이 세르비아 왕국에 선전포고하고, 곧바로 독일 제국은 러시아 제국(8월 1일)과 프랑스 제3공화국(8월 3일)에 선전포고한다. 8월 4일에는 영국이 독일 제국에 선전포고한다. 8월 말부터 독일 제국과 러시아, 프랑스 간의 전쟁이 본격화된다.

전쟁 초 헤세는 군 입대를 자원했으나 복무 부적격을 받아, 베른에서 <독일 포로 구호> 기구에 복무하며 전쟁 포로들과 억류자들을 위해 잡지를 발행한다. 자신의 출판사를 만들어 소책자를 만들기도 한다. 『크눌프』가 출간된 것은 제1차 세계대전의 중간이다. 전쟁은 1918년 11월 11일 독일의 항복으로 끝난다.

헤세는 1919년까지 독일, 스위스, 오스트리아 신문 잡지에 다양한 정치 논문, 호소문, 공개서한을 통해 자신의 입장과 관점을 토로한다. 이러한 헤세의 전쟁에 대한 전반적인 입장은 다음 소설인 『데미안』의 주된 성찰 과제이기도 하다.

헤세의 인생이나 작품에서 『크눌프』가 보여주는 핵심은 '여행'이다. 실제로 헤세는 이 시기에 여행을 다녔고, 그 심상이 소설 『크눌프』에 잘 녹아 있다. 헤세의 여행기들을 정리한 『헤세의 여행』(홍성광 편역)은 당시 헤세의 여행지는 물론이고 여행에 대한 다양한 생각을 볼 수 있는 책이다.

헤세는 여행에 대한 명확한 철학을 갖고 있었다. "여행은 언제나 체험을 의미해야 한다. 그리고 우리는 정신적 관계를 가질 수 있는 환경에서만 뭔가 가치 있는 체험을 할 수 있다"고 말하며 "스위스 알프스의 두 개의 산과 골짜기를 돌아다니며 철저히 둘러본 자는 같은 시간에 일주 여행 차표로 전 국토를 여행한 자보다 스위스를 더 잘 알게 된다"(「여행에 대하여」, 1904)고 말했다. 이런 여행 관점 은 주인공 크눌프에게도 당연히 나타난다.

크눌프는 평생을 여행하지만 수박 겉핥기식으로 자신이 보는 장소를 늘리는 여행자가 아니다. 그는 자신이 같이하는 곳에 머물 면서 지역은 물론이고 일에 관해서도 충분히 배운다. 이에 대해 이 노은 교수는 이렇게 말한다.

"그는 사랑스러운 인물이다. 시인이고 노래하는 사람이다. 욕 심도 없고, 집착도 없다. 그는 오직 자신의 내면의 음성을 듣고 그 에 따라 살아간다. …… 크눌프의 밝고 여유 있는 삶은 그것이 인 생의 무상함과 어두운 면에 대해 그의 경험과 성찰을 기반으로 한 것이어서 대조적으로 더욱 두드러져 보인다."(역자 이노은)

물론 헤세의 삶이 크눌프와 똑같지는 않다. 헤세는 이 시기 소 설가로 정착하면서 결혼도 하고, 아이들도 낳기 시작한다. 결혼 초기에 아내가 연주하는 슈만의 곡을 묘사하기도 한다. 물론 여행을 하지만 가족에 충실하려는 모습도 보인다. 반면에 『수레바퀴 아래서』의 한스가 마침내 죽듯이, 크눌프 역시 병들어 죽는 최후를 맞이한다. 주인공을 죽일 수밖에 없던 것은 헤세가 생각하는 현실이 그만큼 녹록지 않았다는 것을 반증한다. 실제로 『크눌프』가 출간된 1년 후인 1916년 그에게는 심리적 어려움도 커진다. 아버지가 돌아가셨고, 부인과 막내아들 마르틴이 심리 치료를 받으면서 헤세도 심리적 안정이 무너질 수밖에 없었다.

물론 헤세의 불안이 어디에서 비롯된 것인지 그의 글을 보면 대충은 짐작할 수 있다. 그가 가끔 기고한 에세이에서 약간은 괴팍하게 느껴지는 부분이 많다.

46

3. 『크눌프』 산책

『수레바퀴 아래서』가 10대의 헤세를 보여주는 소설이라면『크눌프』는 20대의 헤세를 보여주는 소설이다. 20대의 헤세를 대표하는 이미지는 방랑자이고, 그 이미지는 크눌프를 규정하는 가장 중요한 것이기 때문이다.

물론 크눌프와 헤세 사이에는 거리가 존재한다. 헤세도 수없이 집을 떠났지만 크눌프처럼 가정이 없었던 것은 아니다. 또 소설 속 크눌프의 여행지는 대부분 멀지 않은 곳인 반면 헤세는 이탈리아를 시작으로 동양까지 여행했다. 이렇듯 공간적으로도 약간의 차이가 있다. 『헤세의 여행』을 보면 실제로 헤세는 제1차 세계대전이 발발하기 전에는 이탈리아는 물론이고 말레이시아, 스리랑카까지 여행했다. 하지만 이후 10년간 여행하지 않다가, 1920년대 들어서야 남쪽으로 여행을 다시 시작했다.

이 소설은 독자들이 크눌프를 통해 떠나고 싶은 마음을 대입해 보고, 또 여행자가 주는 고독에 빠져볼 수 있는 가장 인간적인 소설이기도 하다. 주인공 크눌프는 친구들이 보고 싶어 하는 여행 수첩을 갖고 있는데, 헤세 역시 여행 수첩을 가지고 다녔다.

우리는 『크눌프』를 통해 여행하는 현자의 이미지를 다양하게 만날 수 있다. 또한 『크눌프』는 3편으로 구성되어 있고, 각기 다른 소설이라고 해도 틀리지 않을 만큼 서로 다른 의식의 계단을 갖고 있다. 『크눌프』를 산책하는 데 있어 각 단편이 갖는 이미지들과 그것이 주는 의미를 되새겨보면 더 흥미롭다.

1908년에 발표한 단편 「크눌프에 대한 나의 회상」과 1913년에 발표한 「초봄」은 완간할 때 순서가 바뀌었다. 물론 두 소설은 순서를 바꾸어도 큰 문제는 없다. 앞서 말했듯이 소설별로 각각 다른 의미를 갖고 있기 때문이다.

「초봄」을 산책하면서 갖게 되는 가장 큰 심상은 크눌프라는 나그네가 주는 자유로운 분위기다. 하나의 에피소드 같은 이 단편소설은 한때 여행을 같이한 친구 무두장이 에밀 로트푸스의 집을 찾아갔을 때 이야기다. 다행히 크눌프에게 좋은 인상을 가진 로트푸스는 반갑게 맞아주고, 진심으로 크눌프를 환대한다. 그런데 그의 부인이 매력적인 크눌프를 남자로 보면서 복잡한 관계가 형성될 위기에 처한다.

48

사람이 살아가면서 가장 곤란한 경우는 모든 우정, 사랑, 배려, 비즈니스 등이 혼재하는 상황이다. 가장 친한 친구들 사이에 매력적인 이성이 끼면 상황은 복잡해진다. 실제로 세상 대부분의 이야기들은 이런 갈등 속에서 생긴다. 한 여자를 놓고 두 남자가 사랑하는 이야기, 한 남자를 놓고 두 여자가 사랑하는 이야기. 굳이 예를 들지 않아도 될 만큼 흔한 갈등의 배경이다.

많은 사람들은 이성적으로는 이런 상황이 나에게 오지도 않겠지만, 온다면 현명하게 행동하겠다고 말한다. 하지만 자신의 아내를 사랑했던 남자와 권총 결투를 하여 총상을 입고 사망한 작가 푸시킨(Aleksandr Sergeevich Pushkin, 1799~1837) 같은 게 또한 사람이다.

하지만 크눌프는 이런 상황에서 최대한 이성적으로 행동한다. 그리고 아직 도시에 적응하지 못한 순진한 바바라(베르벨레)에게 이성에 대한 아름다운 긴장이 무엇인지를 알려준다. "그는 마치 어린아이처럼 모든 사람들에게 말을 걸고 그들을 자신의 친구로 삼았으며, 모든 소녀들과 여인들에게 재미있는 이야기를 들려주며 매일 매일을 일요일처럼 살았다"(31페이지)는 문장은 그런 의미에서 새겨둘 만하다.

돌이켜보면 남녀 간의 사랑에도 참 애매한 것이 많다. 천하의 바람둥이였던 작가 교산 허균은 변산에서 친구 유희경의 애인인 이

매창을 만난다. 충분히 여성으로 관심을 가질 만하지만 그는 애인으로 보지 않고, 단지 문학의 벗으로 사귀다 끝낸다. 풍류 기인 황진이와 사랑 같은 문학을 나눈 화담 서경덕도 육체적 관계와 다른 무엇이 있다는 것을 말하는 사례다.

두 번째 단편 「크눌프에 대한 나의 회상」을 시작하는 "크눌프도 아직 살아있던 때의 일이다"라는 문장은 그가 이미 죽었다는 것을 말해준다. 두 번째 단편의 화자는 한때 크눌프와 여행했던 친구이며 소설은 우정에 관한 이야기가 중심을 이룬다. 청년 시절의 두 사람은 같이 여행을 하면서 토론을 나누던 친구인데 둘의 토론은 무척 애매한 부분도 있다. "철학적인 토론을 시작해서 여러 가지 주장들을 제시하면서 그것들을 지지하거나 반박하다가 갑작스럽게 다시 중단해버리곤 했다"(72페이지)는 상황이 있다. 화자는 그 이유를 짜증 때문이 아니라 "사색적인 것을 좋아하는 자신의 성향이 결국엔 자신의 지식과 화술로는 감당할 수 없는 영역까지 자신을 몰고 간다고 느끼고 있었던 것이다"라고 설명한다.

내 스스로도 '친구란 무엇일까'를 생각해보면 다양한 친구들이 떠오른다. 중학교 때부터 친구지만 멀리 지내면서 가끔 만나 인생의 희로애락을 이야기하는 친구가 있다. 워낙에 까칠한 면이 있지만 나는 그 친구의 선을 알아서 자주 보고 싶은 친구다. 사회생활 중 만나서 서로의 매운 인생을 너무 잘 아는 친구도 있다. 둘 다 돈 안 되는 문예 쪽에 있어서 매운 삶을 산다. 할 수 있는 것은 서로를 돌보는 상황인데, 서로 별로 도울 것이 없어서 안타까운 친구다. 대학에서 만나 두루 뜻이 맞아서 친하게 지낸 친구도 있다. 먼 거리에도 자주 봤지만 그 친구가 몇 번 생사의 고비를 넘기고 난 후 종교에 심취하니 볼 일도 덩달아 적어졌다.

멀어졌든 가깝게 지내든 친구는 어쩔 수 없이 '친구라는 거리'가 분명히 존재한다. 물론 그 친구를 가족이나 내 한 몸처럼 생각할 수 있다. 가족끼리도 그렇게 지낼 수 있다. 그런데 그런 친구 관계를 나는 그다지 좋아하지 않는다. 결과적으로 가족조차 한 몸 같이 살기 힘든데, 두루 여건이 다른 그런 친구가 있다는 것은 뭔가 이상한 부분에서 의존하는 관계일 수 있기 때문이다. 문제는 어느 순간 한쪽에서 무너지면 자신도 타격을 받는다는 것이다.

두 번째 단편의 화자도 이런 이유로 크눌프와 멀어진다. 파티에서 그는 크눌프의 충고에도 불구하고 지나치게 술을 마신다. 결국 크눌프는 다음 날 아침 떠나버린다. 물론 술 때문만은 아닐 것이다. 크눌프의 충고는 친구를 위한 조언일 수도 있고, 둘이 더 해야 할 것들을 찾아갈 때 지나친 음주 등 나쁜 습관이 방해가 될 수도 있었기 때문일 것이다.

세 번째 단편 「종말」은 말 그대로 크눌프의 죽음에 대한 관점을 직접적으로 드러낸 소설이다. 실제로는 크눌프가 아닌 헤세 자신의 죽음에 관한 입장이다. 이 소설을 발표한 것이 1914년이니, 헤세 나이 37세이다. 이때는 셋째 아들 마르틴이 태어난 지 갓 3년이 지났을 때인데 헤세는 소설을 통해 죽음을 이야기한다. 그만큼 삶과 죽음에 대한 다양한 고민이 있었던 것이다.

「종말」은 크눌프의 친구인 의사 마홀트가 길에서 우연히 병든 크눌프를 만나는 것에서 시작한다. 마홀트는 사십 대에 들어선 지 얼마 안 되었는데 발작적인 기침을 할 만큼 폐결핵 말기에 이른 친구를 보고, 최선을 다해 그를 치료해보고자 애쓴다. 크눌프는 마홀트에게 삶에 대한 이런저런 이야기를 던진다. 엘리트 학교인 라틴어 학교를 다니다가 독일어 학교에 가게 된 것이 자신보다 두 살 많은 프란치스카라는 누나와 연애를 위한 것인데, 그럼에도 배신을 당한 사연 등 다양한 삶의 이야기를 들려준다. 마홀트는 크눌프에게 더 안정된 도시에 가서 치료받으라고 추천하지만 크눌프는 제안을 거부하고 고향 게르버자우로 가길 원한다. 할 수 없이 마홀트는 그곳 병원을 추천한다.

게르버자우에 도착한 크눌프는 병원에서 최후를 맞는 대신에 방랑자로서 마지막 길들을 찾아 나선다. 프란치스카에게 키스를 받고 비틀거렸던 정원, 같이 맨발로 철버덕거리며 앉아 있던 웅덩이 등을 찾는다. 물론 그녀가 이미 이 세상에 살아 있지 않다는 것을 알기에 더 슬프다.

계절이 바뀌었지만 여전히 크눌프는 방랑자로서 병원 대신에 옛 고향 친구들의 주변을 서성인다. 그러다가 서서히 육신이 최후에 근접하고, 그는 하느님과 대화를 시작한다. 크눌프는 열네 살 그때 죽게 하지 않았던 것 등을 이야기하며 하느님을 원망한다. 하느님은 크눌프가 그의 생에 만난 다양한 기쁨과 환희의 순간을 되짚어 준다. 프란치스카는 그렇게 떠났지만 첫 연인 헨리에테, 두 번째 연인 리자베트, 또 여행 중에 기쁨을 나누던 수많은 사람을 되새겨 준다. 그리고 크눌프는 진짜로 잠들고 싶다는 강한 생각으로 눈을 감는다.

이 소설을 쓸 당시 서른일곱 살 창창한 나이였던 헤세는 왜 '죽음'이라는 화두를 소설에 투여했을까. 그 까닭을 눈치 채는 것은 사실 어려운 일은 아니다. 어린 시절 신학교를 중퇴한 뒤 자살을 시도한 적도 있었고, 또 평생 어느 한 순간도 고독하다는 생각에서 벗어나보지 못했던 헤세이기에 죽음은 항상 가장 가까운 벗이었을 것이다.

헤세는 평생 동안 다양한 정신 치료 전문가들을 만났다. 1909년부터 알베르트 프랭켈 교수에게 심리 치료를 받았다. 이후에도 요제프 베른하르트 랑 박사, 약간은 비전문가인 요하네스 놀에게 치료를 받았고, 1921년부터는 세계적인 심리학자인 칼 구스타브 융의 치료를 받기도 한다. 하지만 그의 심리적 불안정은 누구도 해결해주지 못했고, 오히려 그의 심리를 치료한 것은 자신의 문학이었던 것으로 보인다. 그는 자신의 문학을 통해 심리적으로 더 굳건해지고, 후반에는 그가 불안정한 랑 박사의 심리 치료를 할 만큼 다른 양상을 보였기 때문이다.

결국 소설이 그의 몸과 마음을 굳건하게 해주는 역할을 했다고 볼 수 있다. 쉼 없는 창작의 여정에서 수많은 인물을 만들며 고민하고, 성숙시키고, 끝을 맞게 했던 만큼 자신의 삶도 그 속에 담아서 녹여낸 결과일 것이다.

헤세의 소설이 나에게 가장 의미 있었던 것은 막연하게 생각했던 죽음과 같은 이런 감성들을 그가 대신 고민해주었다는 것이다. 물론 내가 그보다 더 감성적이지 않아서, 더 철학적이지 않아서일 수 있지만 느끼는 무게가 다를 뿐 이 문제에서 자유로운 사람은 없기 때문이다.

나에게 죽음이 가장 가깝게 다가온 시간은 고등학교 2학년 때 급우였던 친구 대성이가 죽었을 때다. 감기에 걸렸다는 친구는 그해 크리스마스 무렵에 위독해져, 서울대병원 응급실에 있었다. 나는 혼자 안양에서 혜화동까지 대중교통으로 이동해 친구를 봤다. 죽음이 뭔지 몰랐기 때문에 마냥 슬픈 느낌밖에 없었다. 그리고 며칠 후 친구는 먼 나라로 떠났다.

나에게 가장 큰 육신의 죽음은 2001년 돌아가신 아버지였다. 세상에서 나를 가장 믿어준 분이었기에 나는 식음을 전폐하고 장례식장에 있었다. 아버지의 관이 엎드린 아들들의 등을 타고 넘어, 상여로 옮겨지고, 묻히셨다. 난 사흘간의 장례 일정을 통해 나 또한 내 아들의 아버지라는 것을 깨닫고, 다시 밥을 넘길 수 있었다. 물론 살기 위해 밥을 먹을 수밖에 없기도 했다.

아들도 나랑 비슷한 시기에 가장 친한 친구의 죽음을 만나기도 했다. 역시 나처럼 눈물을 흘리고 비통해 했을 수 있다. 하지만 이런 하나하나의 과정을 통해 죽음을 알아가는 것이다.

헤세는 세 번째 단편에서 크눌프와 하느님의 대화를 통해 삶의 가치를 말한다. 가장 비통한 시간이 있었겠지만, 아름다운 사랑의 시간도 있었을 것이고, 그것이 사람을 성숙하게 하는 것이라는 것이다. 이런 말을 넘어 하느님은 방황하는 크눌프를 통해 자신의 욕망을 대리 만족해봤다는 말을 던지기도 한다.

헤세는 크눌프의 마지막을 통해 '삶을 원망하기보다는 잘 살고 간다는 위로를 받기 원한다'는 메시지를 크눌프에게 남긴 것으로 생각된다. 만약 크눌프가 자신을 유혹하는 무두장이 친구 로프투스의 아내의 유혹에 넘어갔다면 어땠을까. 시골에서 온 소녀 바바라를 유혹했다면 어땠을까. 다행인지, 불행인지 크눌프는 마지막 잠들기 전에 그 부분에서 안도할 수 있었던 것 같다.

제3장
데미안

1. 『데미안』 스토리

헤세는 이 소설을 '에밀 싱클레어'라는 가명으로 1917년 9월 출판사에 보낸다. 이때는 제1차 세계대전의 암울한 기운이 짙은 시기다. 이미 독일 내에서 반전주의자로 매도되는 자신을 지우고, 작품으로만 평가받길 원했다. 싱클레어의 가족 구성 등에 있어 이전과 달리 어머니를 일반적인 가정으로 그렸다. 편집자는 눈치 채지 못했지만 일부 평론가들은 이것이 헤세의 소설이라는 것을 눈치 챘고, 이름과 무관하게 독일의 권위 있는 문학상인 폰타네상의 수상자로 지명되기도 했다. 제1차 세계대전 전후 세계 문단에 신선한 충격을 준 소설 『데미안』 속으로 들어가보자.

소설의 첫 장은 '두 세계'다. 소설의 주인공이며 화자인 나(싱클레어)는 라틴어 학교에 다니는 열 살의 소년이다. 내가 만난 첫 세계는 여유로운 부모님과 안정적으로 살아가는 선한 곳이다. 인생이 맑고 깨끗하고, 아름답고 정돈되어 있으려면 그 세계를 향해 있으면 된다.

그런데 집 한가운데에서 앞선 세계와는 완전히 다른 또 하나의 세계가 시작되고 있다. 두 번째 세계는 하녀들과 직공들이 있고, 유령 이야기와 스캔들이 있는 곳이다. 무시무시하고, 위험한 물건, 살인이나 자살 같은 위험한 사건이 있는 곳이다.

가령 우리 가족과 생활할 때는 선한 곳에 있는 하녀 리나가 푸주한의 작은 가게에서 싸울 때는 전혀 다른 악한 사람이 된다. 이렇듯 다른 두 세계가 한 곳에 항상 공존하고 있다.

나는 선한 세계에 살았지만, 우리가 경멸하던 공립학교에 다니던 이웃 아이들과도 관계를 맺고 있었다. 그리고 거기에서 이야기가 시작된다. 그 공립학교 패거리에는 나보다 세 살쯤 많고, 온 가족이 악명 높은 프란츠 크로머가 있었다. 그들과 어울리던 어느 날 나는 그들의 이야기에서 밀리면 안 된다는 생각에 허풍을 떨기 시작했다.

"모퉁이 물방앗간집 과수원에서, 하고 이야기를 시작했다. 어느 날 밤에 친구 하나와 커다란 자루 하나 가득 사과를 훔쳤는데, 그냥 보통 사과가 아니라 전부 라이네테와 골트파르메네, 즉 최고의 품종이었다고 했다."(17페이지)

크로머는 허풍이 아니냐고 내게 물었다. 밀릴 수 없는 나는 말했다. "하느님을 걸고 목숨을 걸고 맹세해." 아이들과 놀이를 마치고, 집으로 돌아오는데 그날따라 크로머가 뒤를 따랐다. 그리고 드디어 선의 세계인 집으로 들어오는 순간 크로머도 살짝 끼어들어 집으로 들어왔다. 그리고 크로머는 나를 거대한 악의 세계로 끌고 갔다. 물방앗간집 주인이 사과를 훔친 사람을 찾아주면 2마르크를 주겠다고 했는데, 시간이 나는 대로 가서 나를 신고하고 그 돈을 받겠다는 것이다. 그 일에 하느님과 목숨까지 건다고 한 나로서는 제대로 약점이 잡히고 말았다. 그를 막기 위해서는 크로머에게 2마르크를 줘야 했다.

열 살인 나에게 2마르크는 큰돈이다. 부모님 몰래 동전으로 가득 찬 저금통을 깨트려 얻은 돈은 고작 65페니히뿐이다. 1마르크 35페니히가 부족했고, 크로머는 그것을 고스란히 부채라고 말했다. 나는 공포에 질렸고 자주 토하면서 다른 아이가 되어갔다. 크로머가 나를 부르는 신호인 휘파람 소리가 나면 공포에 시달려야 했다.

그러던 중 라틴어 학교에 유복한 미망인의 아들 막스 데미안이 전학 왔다. 또래보다 한참 키가 큰 데미안은 거부감을 줄 만큼 어른스러운 모습을 띠고 있었고, 표정에는 약간 슬픈 냉소를 담고 있었다. 어느 날 하굣길에 데미안이 나에게 말을 걸었다.

우리는 성경 시간에 배우는 카인과 아벨에 관한 이야기를 나누기 시작했다. 그런데 데미안은 카인과 아벨을 선과 악의 구도가 아닌 관계로 설명하기 시작했다. 동생을 죽인 카인에게 다른 사람을 겁나게 하는 능력 같은 무엇인가가 있고, 사람들은 그것을 표시하기 위해 그 족속에게 별명 하나와 우화 하나를 덧붙여놓은 거라는 이야기였다. 나에게 이 이야기는 충격이었다. 성경에 있는 모든 이야기가 실제로는 전혀 사실이 아닐 수도 있다는 주장이었기 때문이다.

그런데 생각해보니, 나 자신도 얼마 전까지 아벨로 살았는데, 크라머를 만난 후 스스로도 카인이 되어버렸을 수 있다는 생각을 했다. 그리고 스스로 부모님의 선한 세계조차 무시하는 경향도 보이고 있었다.

하지만 자신을 카인의 세계로 이끌었던 크라머는 여전히 존재했다. 2마르크를 모두 갚았음에도 크라머는 다음 날 큰누나를 데려오라며 협박했다. '새로운 고통, 새로운 노예 상태'가 되어 광장으로 갔을 때, 내 앞에 데미안이 있었다. 데미안이 나와 크라머의 이상한 관계를 본 것이다. 그리고 대화의 마지막에 데미안은 말한다.

"넌 그 녀석을 떨쳐야 할 것 같다! 달리 안 된다면 그 애를 때려 죽여! 만약 네가 그렇게 한다면 나도 좋겠어. 내가 돕기도 할 거구."(57페이지)

당연히 카인의 이야기가 떠오를 수밖에 없었다. 하지만 집 앞에서자 1년 만에 다른 내가 보였다. 크라머가 나를 부르는 휘파람 소리도 사라졌다. 오히려 나를 보자, 나를 피했다. 데미안을 만나, 크라머에게 어떻게 했는지를 물었지만 정확히 답은 해주지 않았다. 악의 세계가 도망가자 나는 어머니에게 그간의 사실을 고백했고, 다시 선의 세계로 돌아왔다.

그렇지만 이후에도 데미안과는 어떤 특별한 관계가 만들어지지는 않았다. 그러는 사이에 나는 카인과 아벨에 대한 다양한 견해가 있다는 것을 알게 됐다. 친구들 중에서는 이런 신앙에 대한 맹목적 견해를 거부하는 아이들이 생기기 시작했다. 그중 하나는 데미안과 같이 수업을 듣다가 나온 예수님의 마지막 모습이다. 나는 집에서도 아버지가 설명하는 그 장엄한 모습을 상상하곤 했다. 그런데 그날 데미안은 예수님과 같이 십자가에서 처형당하는 도둑들에 대해 말한다.

"만약 네가 오늘 두 도둑들 중 하나를 친구로 택해야 한다면, 혹은 둘 중 누구에게 더 신뢰를 줄 수 있겠는지 생각해야 한다면, 그건 아주 분명히 이 징징거리는 개종자 쪽은 아닐 거야. 다른 쪽이야. 회개하지 않은 그 도둑이야말로 사나이잖아. 개성이 있고 말이야. 그는 개종 따위를 우습게 알았어. …… 어쩌면 그도 카인(성경 속 착한 동생을 죽이는 형)의 후예일 거야."(81페이지)

나는 절대적으로 믿었던 순간에 대한 철저한 부정에 놀랄 수밖에 없었다. 그런데 데미안은 여기에 덧붙인다.

"우리는 신에 대한 예배와 더불어 악마 예배도 가져야 해. 그게 올바른 일인 것 같아. 혹은 예배를 하나 더 만들어내야 할 것 같아. 악마도 그 안에 포함하고, 지극히 자연스러운 세상일들이 일어날 때 그 앞에서는 눈을 감지 않아도 되는 신을 위해서 말이야."(83페이지)

평소답지 않게 격한 데미안의 이야기를 들으면서 나는 깨닫는다. 내 소년 시절 전체에서 느꼈던 다양한 경험의 이야기라는 것을. 그러면서 밝은 세계와 어두운 세계가 공존하는 것이 세상이라는 "통찰이 갑자기 신성한 그림자처럼 나를 뒤덮었다"라고 말한다.

그리고 종교 수업의 마지막인 '최후의 만찬'이 다가오고, 견진성사(세례를 받은 12세 이상이 받는 의식)도 앞두고 있었다. 나는 데미안의 집안이 견진성사를 거부한다는 소문에 혼돈스럽기도 하다. 그러던 어느 날 학교에서 나는 데미안이 마치 정신이 나간 듯, 명상에 빠진 모습을 목격한다. 나는 또 다른 세계에 대한 호기심에 빠져들었다.

이후 나는 집을 떠나 성 00시에 있는 김나지움을 다니기 위해 하숙을 시작한다. 고립된 공간에서 나는 키도 훌쩍 크고, 마른 모습으로 성장한다. 소년의 모습은 사라진다. 대신 고독한 하숙생의 모습이 된 나에게 조금 성숙한 친구 알폰스 벡이 접근한다. 알폰스 벡은 나보다는 여자애를 좀 더 아는 등 조숙했지만 나에게 큰 영혼의 흔들림을 주지는 못한다. 하지만 나는 그와 함께 술집 출입이 잦아지고, 행패를 부리는 등 착실히 인생의 내리막길을 따라간다.

어느 봄날 공원에서 나는 키가 크고 날씬하며, 멋진 옷차림을 한 영리한 소년의 얼굴을 한 여자애를 만났다. 나는 그 여자에 완전히 빠져버리고, '베아트리체'라는 이름을 주었다.

이후 내 생활은 완전히 바뀐다. 술집에 가는 대신에 책을 읽고, 즐거운 산책을 한다. 주변에서 조소를 받았지만 "이제 나는 무엇인가를 사랑하고 숭배해야 했다. 다시 하나의 이상(理想)을 가진 것이다." 조숙한 냉소주의자였던 내가 성인(聖人)이 되겠다는 목표를 가진 노예가 된 것이다.

그러던 중 나는 그 여자의 얼굴을 그리기 시작한다. 완성된 그림의 주인공은 일종의 신상(神像) 혹은 성인의 가면처럼 보였다. 절반은 남자고 절반은 여자, 나이가 없고, 의지가 굳세면서도 몽상적이며, 굳어 있으면서도 남모르게 생명력이 있어 보였다. 그림과 꿈과 현실을 오가다가 나는 문득 그 주인공이 누군가를 닮았다는 것을 알게 된다. 바로 '데미안'이었다.

그 여자는 자주 부딪혔지만 감정이 사라지고 있었다. 반면에 데미안에 대한 그리움이 다시 거세졌다. 그러다 우연히 데미안을 길에서 만나 짧은 이야기를 나누고 헤어졌다. 이후 나는 소녀 대신에 새 종이에 데미안의 집 입구에서 봤던 새를 생각해내고 그 새를 그리기 시작했다. 완성된 그림은 대단한 머리를 가진 한 마리 사나운 짐승이었다. 새의 몸 절반은 어두운 지구 땅덩이 속에 박혀 있는데, 커다란 알에서부터인 듯 땅덩이에서 나오려고 푸른 하늘 바탕 위에서 애쓰고 있었다. 나는 이 그림을 도착하리라는 보장도 없는 데미안의 옛 주소로 부쳤다.

얼마 후 놀랍게도 데미안의 답장이 내 책에 꽂혀 있었다.

"새는 알에서 나오려고 투쟁한다. 알은 세계이다. 태어나려는 자는 하나의 세계를 깨뜨려야 한다. 새는 신에게로 날아간다. 신의 이름은 압락사스(Abraxas)."(123페이지)

그런데 나는 압락사스라는 말을 알지 못했다. 얼마 후 헤로도투스(역사를 학문으로 정착시킨 그리스 역사가) 강독 시간에 그 말을 조금씩 알게 된다. 철학적 신비주의에서 나온 학설로서 자주 사기와 범죄로도 이어지는 주술과 게임이 있는데, 압락사스가 그 학설 중 하나라는 것이다. 물론 이 학설은 "신적인 것과 악마적인 것을 결합시키는 상징적 과제를 지닌 어떤 고귀한 이름"으로도 볼 수 있다는 것이다.

나는 "신적인 것과 악마적인 것을 결합"한다는 말에 호기심이 생겼다. 그 말에 "희열과 오싹함이 섞이고, 남자와 여자가 섞이고, 지고와 추악이 뒤얽힌 것"이라는 어떤 인상(image)이 생겼기 때문이다.

삶이 고달프면 헤세를 만나라

고민이 깊어지던 어느 날 나는 어느 교외의 자그마한 교회에서 흘러나오는 오르간 연주 소리를 듣게 된다. 바하부터 현대 음악가인 막스 레거까지 다양한 연주가 진행됐는데, 나는 그 음악에 빠져서 듣곤 했다. 그리고 얼마 후 연주자인 그와 이야기를 나눈다. 나에게 압락사스에 대한 세계를 알려주고, 배화교 등의 사상에 대한 지식을 준 피스토리우스와의 첫 만남이었다.

성에 대한 다양한 것을 인지하고 배우던 그 무렵 나에게 다가온 친구 크나우어와 교류도 있었는데 그러던 중에 자살을 하려던 친구를 찾아내는 묘한 경험을 하기도 한다.

방학 중에 나는 데미안의 옛집을 찾았다가, 데미안의 어머니 에바 부인의 사진을 본다. 나는 꿈의 영상 속에서 본 부인을 보고 심장이 멈춘다.

스위스 등으로 여행을 다녀온 후 나는 H대학에 등록했다. 철학사 강의를 들었지만 모든 게 실망이었다. 대신에 나는 니체를 마음의 스승으로 여기고 그를 공부하면서 살았다. 그러던 중 길거리에서 데미안의 음성을 듣게 된다. 드디어 데미안과 다시 만난 것이다. 얼마 후 나는 데미안의 집에서 꿈에서 그리던 에바 부인과 인사를 한다. 그녀는 생각하던 모습 그대로의 여인이었다. 그리고 데미안 가족이 어울리는 모임에 조금씩 참여하면서 에바 부인과도 더 가까워진다. 생각과 마음이 더 가까워지던 어느 날 나는 다시 데미안이 학창 시절의 어느 날처럼 죽어 있는 듯한 모습을 본다.

나는 노란빛과 푸른빛에서 형상 하나를 만들어 거대한 새가 되어 푸른 혼돈을 찢어 떨치고 큰 날갯짓으로 하늘 속으로 날아서 사라지는 형상을 본다. 막연하지만 그게 알에서 깨어 나오는 데미안의 상징이라는 것도 안다.

러시아와의 긴장이 고조되고 전쟁이 찾아온다. 데미안이 먼저 전장으로 떠나고 나도 겨울에 전쟁터로 나간다. 어느 날 나는 포탄을 맞고 쓰러져, 어느 지하실에 누워 있다. 그리고 깨었을 때, 내 앞에서 데미안이 나를 내려다보고 있다. 그가 가까이 다가와 비로소 궁금했던 이야기를 꺼낸다.

"프란츠 크로머 아직도 기억해?"(218페이지)

데미안은 나에게 내 자신 안으로 귀를 기울이라는 충고를 한 후 키스를 하고 떠난다. 이제 나는 "검은 거울 위로 몸을 숙이기만 하면 되었다. 그러면 나 자신의 모습이 보였다." 이제 그 모습은 데미안과 완전히 닮아 있었다. 내 친구이자 나의 인도자인 그와.

2. 『데미안』과 헤세

"(『데미안』은) 1917년 9~10월에 걸쳐 베른에서 쓰였다. …… 내면의 체험을 형상화하기 위해 꿈의 세계와 심리 분석을 작품에 끌어들였다. 작품에서 랑 박사는 자아의 비밀을 푸는 데 도움을 주는 파이프오르간 연주자 피스토리우스로 형상화되었다."(베르벨 레츠, 『헤르만 헤세의 사랑』)

이 소설이 쓰여질 당시 헤세의 마음은 상당히 불안정했다. 1916년 아버지가 사망하고, 부인 마리아와 아들 마르틴이 심리 치료를 받았다. 자신도 아버지의 사망 이후 형편없이 무너졌다. 이 상황을 극복하기 위해 가족과 떨어져 작품 활동을 하는 경우가 많았다. 다행히 그의 옆에는 지속적으로 심리 치료를 해주던 랑 박사가 있어서 그나마 도움이 됐다.

전쟁 중에 이 소설이 쓰였고, 전쟁이나 국가에 대한 관점이 나온 만큼 이 소설을 쓸 당시 헤세의 정치관도 살펴볼 필요가 있다. 헤세의 가족은 정치적으로 특정한 국가에 소속되지 않았다. 헤세는 열세 살 되던 1890년에 주 시험을 치르기 위해 뷔르템베르크 시민권을 획득한다. 뷔르템베르크 왕국은 원래 독자적인 공국이었다가 나폴레옹의 권고로 1806년 왕국이 됐고, 이후에는 프랑스 위성국 '라인 연방' 소속이었다. 빈 회의의 결과로 1815년부터 1866년까지는 독일 연방에 소속됐다. 보불전쟁(프로이센-프랑스전쟁, 1870~1871)의 결과 1871년 독일 제국의 구성국이 되어 1918년까지 존재했다. 헤세가 시민권을 얻을 당시에는 당연히 독일 제국의 구성국이었다. 하지만 헤세의 국가적 정체성을 단순히 판단하기는 어렵다. 부모님은 러시아에서 국적을 바꾸어 여전히 스위스 국적이었기 때문이다. 신학교를 중퇴한 이후 헤세는 독일 제국과 스위스 등을 전전하면서 청년 시기를 보낸다.

헤세가 정치적 입장을 보인 중요한 계기는 29세 되던 1906년 빌헬름 2세의 권위에 노골적으로 도전한 진보적인 주간지 『3월』 창간에 참여한 것이다. 그는 1912년까지 공동 편집자로 활동했다. 빌헬름 2세(Wilhelm II, 1848~1921)는 뷔르템베르크 왕국의 제4대 국왕(재위 1891~1918)으로 제1차 세계대전 중에 독일군의 육군원수로 활동하는 등 전쟁에 적극적인 인물이었다.

헤세가 주간지 『3월』을 통해 가장 펼치고 싶었던 것은 독일마저 제국주의로 가기 위해 전쟁을 일으키는 것에 대한 반대였다. 당시는 독일이 본격적인 제국주의로 가기 위한 행보를 시작한 때였다. 그 주역이 바로 빌헬름 2세다. 그는 철혈 재상 오토 폰 비스마르크와 대립하였고, 1890년에 그를 은퇴시킨 뒤 독일 제국의 역량을 강화한다. 결과적으로 러시아-프랑스가 연합을 강화하고, 식민지 확장지인 아프리카 등에서 두 세력 간의 대결이 본격화되고, 1914년에는 전쟁까지 일으키게 된다.

이런 국제 관계에 염증을 느낀 헤세는 37세 되던 1914년에 스위스 국적을 신청했으나 거부당하고, 7월에 제1차 세계대전이 발발하자 자원입대를 신청했으나 이 또한 거절당한다. 이후 베른의 <독일 포로 구호>에서 억류자들을 위한 활동을 벌인다. 이 당시 헤세는 주로 전쟁을 비판하는 글들을 썼는데, 이 때문에 독일인들에게도 배척을 받는다. 그럼에도 불구하고 헤세는 자신의 출판사를 만들어 소책자를 발간하는 방식으로 반전을 계속 주장했다.

『데미안』은 전쟁의 중간인 1917년에 쓰였고, 전쟁이 끝난 직후에 발표됐다는 점에서 그 시기의 정치적 흐름과 무관할 수 없다. 헤세는 처음에는 이 책을 가명인 에밀 싱클레어라는 이름으로 출간했다. 몇몇 비평가들은 곧바로 이 책이 헤세의 책이라는 추정을 한다. 이후 우여곡절을 거친 후 9판부터는 헤세 본명으로 출간하면서, 헤세 중반기 작품 시대를 대표하는 소설로 꼽히게 된다.

뿐만 아니라 이 소설은 제1차 세계대전이 끝난 후 복잡한 심리 상태에 놓인 사람들에게 다양한 심리적 위안을 주면서 헤세를 세계 문단에서 가장 주목받는 젊은 작가로 만들게 된다. 토마스 만은 『데미안』이 섬뜩하리만큼 정확하게 시대의 신경을 건드린 작품으로 "그 시대의 모든 젊은이들은 그들 또래의 선지자 한 명이 나타나 삶의 가장 은밀한 부분을 드러냈다고 생각했고 그 고마운 충격에 기꺼이 휩쓸렸다"고 말했다.

하지만 헤세는 이 시기부터 더 복잡한 여정을 시작한다. 1919년 4월 헤세는 가족과 떨어진다. 베른을 떠난 헤세는 테신주의 중심 도시 류가노에 잠시 머물다가, 5월 11일에는 몬타뇰라에 정착한다.

아내 마리아도 13년째 이어지는 헤세의 도피 행각에 지쳐간다. 헤세가 여행이나 휴가를 위해 집을 떠나면, 한 명도 쉽지 않은데 아이 세 명을 모두 혼자 책임져야 했기 때문이다. 게다가 신경질적인 헤세의 반응조차 온전히 그녀의 몫이었다. 젊은 날 사진가로 활동하던 자신은 사라지고, 쉰 살의 나이든 여자가 거울 앞에 서 있으니 허무했을 것이다. 그뿐인가. 남편의 소설은 불안한 심리적 요소나 무분별한 사랑관, 심지어는 동성애적인 요소까지 들어 있었다.

3. 『데미안』 산책

'아브락사스'(Abraxas), 혹은 '압락사스'로 불리는 이 단어는 문학 청년 시기를 거쳐 온 이들에게 절대 잊을 수 없는 단어다. 마치 이 단어를 알면 뭔가 수준이 높아지는 것 같은 묘한 동질감을 갖게 하기 때문이다.

앞서 이야기했듯 『크눌프』가 '여행과 방황'이라는 단계를 말하고 있다면, 『데미안』은 방황하던 청년이 그간에 자신을 둘러싼 외피를 벗고 다음 단계로 나가는 '탈각(脫殼)과 비상'에 관한 이야기이다.

이 책의 중심을 이루는 문장은 "새는 알에서 나오려고 투쟁한다. 알은 세계이다. 태어나려는 자는 하나의 세계를 깨뜨려야 한다. 새는 신에게로 날아간다. 신의 이름은 압락사스"라는 데 이견을 달 사람은 없을 것이다.

내가 헤세의 사고에서 가장 흥미로운 것은 이 시기에 그가 선과 악이라는 이분법적 사고에서 벗어나 있다는 것이다. 그리고 그것을 가장 확실하게 상징하는 단어가 '압락사스'(아브락사스)다.

헤세는 독일은 물론이고, 유럽에서 기독교에 대한 관점을 바꾼 중요한 지식인으로 꼽힐 것이다. 그것은 바로 기독교라는 절대적 신관을 약화시키는 데, 헤세가 적지 않은 역할을 했기 때문이다. 서양 사상의 근간이 기독교라는 것을 부인할 수 없다. 그런데 이 소설의 주된 용어인 압락사스는 '선과 악'의 경계에 관한 이분법적 사고를 무너뜨린다.

72

어린 싱클레어는 자기 집안에 '두 세계'가 있다는 것을 인지하면서 성장하기 시작한다. 상류층인 부모님이 사는 선한 세상과 하녀나 불량배들이 사는 악한 세상이 공존한다는 것에서 싱클레어의 인식은 시작하는데, 전혀 다를 것 같은 두 세계가 한 곳에 공존한다는 것을 느끼면서 혼돈이 시작된다.

어린 싱클레어는 타의가 아닌 자기 스스로 악의 세계에 대한 호기심에 빠져든다. 그러다가 악의 세계에 익숙한 크로머가 놓은 덫에 걸리게 되고, 호된 난관을 겪게 된다.

사실 세상을 선과 악으로 나누는 것은 익숙하다. 내가 어릴 적

자랐던 고향 마을에서도 마찬가지였다. 내가 자란 고향의 큰 행정 구역인 영광군은 한국전쟁 당시 민간인이 가장 많이 희생된 지역이다. 그런 호된 경험을 겪고 자랐으니, 어릴 적부터 반공 교육은 철저했다. 중학생일 때 한국전쟁을 겪은 아버지는 당시 이 지역에서 유명한 빨치산 박막동 이야기를 비롯한 당시 이야기들을 들려주곤 했다. 낮에는 경찰이, 밤에는 빨치산이 살육을 벌이던 당시 박막동은 가장 사악한 사람으로 인식되었지만, 이상하게 나는 누구도 선과 악으로 구분하지 않았었다. 오히려 박막동에게 동정심이 느껴지기도 했다.

물론 이런 역사에 대한 인식은 이병주의 『지리산』이나 조정래의 『태백산맥』을 읽으면서 더 복잡해져갔지만 어릴 적에도 박막동에 대한 묘한 동정이 일었다는 것은 나 역시 어떤 사안을 선과 악으로 구분하는 방식이 싫었던 게 확실하다.

73

고등학교까지 입시라는 절대 과제에 잡혀 있어야 했다면, 대학생이 되면 자신을 찾는 것에 관심을 갖는 게 나로서는 당연한 일이었다. 이런 쓸데없는(?) 일에 가장 관심을 갖는 이들이 어쩌면 인문학을 하는 사람들이다. 사람들은 각기 자기 방식으로 한계를 경험해보고자 한다.

어떤 친구들은 술을 먹으면서, 어떤 친구들은 동아리에서 열띤 토론으로, 어떤 친구들은 혼자만의 도인 같은 사색으로 그 한계를 넘어 알을 깨기를 원한다. 하지만 대학 교육에서 그런 답안을 찾기

란 쉽지 않다. 과거에는 시인 기형도가 한탄했듯이 총성을 울리는 독재 세력이 있어서 어려웠다. 이 시기에는 독재 권력을 뚫는 게 알을 깨는 것처럼 받아들여지기도 했다. 이후 1987년 민주화 운동이 지나고, 대학생들은 또 다른 고민을 시작했다. 하지만 이 고민이 농익기도 전에 곧바로 직장이라는 만만치 않은 걸림돌이 생겨나기 시작했다.

쓸데없는 생각에 빠지는 대신에 스펙 하나라도 더해 취직하는 게 맞다는 미국식 신자유주의 사상의 망령이 대학을 지배했다. 후쿠야마의 자본주의가 마지막 승리를 했다는 『역사의 종언』이 정답으로 읽혔다. 결과적으로 지금 대학에 사회과학 동아리가 몇 개나 남아 있는지 궁금할 정도다.

싱클레어가 대학에 가서 배울 내용이 없다고 한 것은 그때나 지금이나 별반 다르지 않다. 물론 그때나 지금이나 지식을 나눌 스승들은 가끔 나타나기 마련이다.

나 역시 지금까지 선과 악에 대한 답은 없었다. 오히려 세상은 양반과 비양반, 가진 자와 못 가진 자, 권력자와 비권력자, 밀레어네어와 비밀레어네어 등으로 구분될 뿐이다. 이런 차이는 평화로울 때는 조용히 강자가 약자의 영역을 침입하는 방식으로 진행된다. 대개의 탐욕스러운 사람들은 자신들의 영역을 더 확장하기 위해 노력한다. 때로는 그것을 더 단단하게 할 수 있는 다양한 수단을 만들기도 한다.

결국 세상에서 벌어지는 대부분의 전쟁은 빈부격차로 인한 갈등이 정치로 번진 결과이다. 제1차 세계대전(1914~1918)은 독일이 이미 선점한 제국주의 국가 대열에 끼기 위해 무리수를 두다가 벌어진 전쟁이고, 제2차 세계대전도 그런 과정의 결과물이었다. 일본 역시 그런 욕심 때문에 전쟁에 참여했다.

헤르만 헤세는 『데미안』을 통해 사람들로 하여금 마음 안에 있는 이중성의 실체를 인정하게 하고, 또 다양성을 인정해야만 배타적 전쟁이 사라질 수 있다는 것을 말하고 있다.

또 『데미안』은 가장 대표적인 성장 소설로도 알려져 있다. 어린 싱클레어가 다양한 경험을 통해서, 결과적으로 자신이 존경하고 따르던 데미안과 같은 모습으로 바뀌어가는 과정을 보여준다고 할 수 있기 때문이다. 또 모두가 생각하듯이 헤세 인생 전체가 성장하는 인간의 전형을 보여주기도 한다.

그런데 『데미안』은 일반 성장 소설과는 분명히 다른 세계가 있다. 헤세가 그려내는 인물들은 초기 소설이라고 할지라도 부족한 인물이라고 할 수 없다. 한스는 방황하는 헤세의 10대 후반을 그리고 있지만 그의 사고나 세상에 대한 인식이 어리다고만은 할 수 없다. 헤세가 이 소설을 29세 때 써서 그렇다고 말할 수도 있지만, 한스의 사고나 생각의 폭은 결코 나이로만 규정할 수 없다. 이런 흐름은 『데미안』, 『싯다르타』, 『나르치스와 골드문트』, 『유리알 유희』

로 가면서 성장하리라는 게 일반적인 추론이다. 하지만 헤세의 소설 속 인물은 그렇게 한 가지 유형의 성격을 가진 인물들이 아니다. 한스는 싱클레어고, 싯다르타고, 골드문트고, 크네히트다. 또 다른 한 모습으로 크눌프이자, 고타마이자, 나르치스이자, 음악 명인 같은 인물도 있다. 물론 이러한 인물 성격의 차이를 말하기는 쉽지 않다.

이런 측면에서 봤을 때, 『데미안』은 헤세가 생각하는 다양한 사람으로 성장해가는 디딤돌이 되는 소설이기도 하다.

제4장
싯다르타

1. 『싯다르타』 스토리

인도의 가장 높은 계층인 바라문의 아들 싯다르타는 어려서부터 모두에게 사랑을 받는 아이였다. 총명한 싯다르타는 모든 사람들에게 기쁨을 주는 원천이었지만 정작 스스로는 기쁘지 않았다.

그러던 중 싯다르타는 자기의 마을을 지나는 사문(沙門, 지역을 움직이는 수도자)들을 보게 된다. 옷을 거의 입지 않아 벌거벗다시피한 모습에다 먼지투성이인 순례자들을 본 싯다르타는 그들과 같이 떠나기로 결심하고 아버지에게 허락을 구한다. 아버지는 고행의 길을 가겠다는 아들을 막지만, 아들이 죽음을 각오하고 자신을 설득한다는 것을 알고는 허락한다. 결국 싯다르타는 자신을 따르던 친구 고빈다와 함께 길을 떠나고 마침내 사문들과 동행하게 된다.

싯다르타는 사문의 무리와 동행하면서 수많은 수련과 고행을 같이한다. 자기 초탈 수련을 통해 왜가리를 자신의 영혼 속에 맞아들여서 스스로 한 마리의 왜가리가 되기도 하고, 죽은 자칼이 되어 몸이 부풀어 오르고 악취를 풍기며 썩어가기도 한다. 이후에도 싯다르타는 새로운 갈증 속에서 수련을 계속한다.

싯다르타는 수천 번씩이나 자아로부터 도망쳐 나와서, 무(無)의 세계 속에 잠시 머물러보기도 하였지만, 자아로 되돌아오는 것은 도저히 피할 도리가 없었다. 결국 또 다시 고통스런 윤회의 업보를 느낄 수밖에 없었다.

두 사람이 여행하면서 수도하는 무리에 합류한 지 3년 정도가 지났을 때, 세상에는 고타마라고 불리는 인물이 자신의 내면에서 세상의 번뇌를 극복하고 윤회의 수레바퀴를 정지시킨 세존, 곧 부처라는 소식이 들렸다. 싯다르타는 사문들의 세계를 나와 사바티에 있는 고타마를 찾아간다. 물론 친구 고빈다도 그 길을 같이했다.

그곳에서 만난 고타마는 싯다르타가 보기에도 이미 모든 장애에서 벗어나 오로지 빛과 평화만이 보이는 존재라는 것을 알았다. 또 세존의 설법도 듣는다. 싯다르타는 그런데도 가르침에 별로 호기심이 없고, 그 가르침이 자기에게 새로운 것을 알려줄 것이라고 믿지 않았다. 그걸 깨달은 후 싯다르타는 다시 길을 떠날 준비를 한다. 반면 자신의 영원한 친구로 알았던 고빈다는 고타마의 제자로 남고, 이제 싯다르타는 혼자서 길을 떠나게 된다.

싯다르타가 고타마를 떠난 가장 큰 이유는 어느 누구에게도 해탈은 가르침을 통하여 주어지지는 않는다는 생각, 깨달음의 시간은 말이나 가르침으로 전달해줄 수 없다는 생각 때문이다.

고타마의 숲을 떠난 싯다르타는 다시 자기 자신을 찾는 여정을 시작한다. 여전히 사문인 싯다르타는 어느 마을을 지나다가 자신의 마음을 빼앗는 한 여인을 보게 된다. 그녀는 유명한 기생인 카말라였다. 자신에 대한 자부심으로 가득 찬 카말라는 또한 강한 자부심을 지닌 싯다르타를 아무렇지 않게 대한다. 그러면서 자신과 가까이 하기 위해서는 부자 상인 카마스와미와 어울려 돈을 벌어 와야만 한다고 말한다. 싯다르타는 그녀의 말을 충실히 따르고, 부유한 상인이 되어간다. 물론 카말라 역시 유능한 싯다르타에게 다양한 사랑의 기술을 가르쳐주고, 둘은 연인이 된다.

이곳에서 싯다르타는 속세의 삶, 쾌락의 삶을 살지만 이 역시 완전히 동화될 수는 없었다. 무의미한 악순환을 계속하면서 늙고 병들어가던 싯다르타는 어느 날 경고의 꿈을 꾼다. 그리고 자기가 내면의 소리를 듣지 못한 지 오래되었음을 깨닫고, 모든 것을 버려둔 채 다시 길을 떠난다.

카말라를 떠나온 싯다르타는 배고픈 상태에서 야자나무 아래 잠이 들었다가 오래전에 헤어진 친구 고빈다를 만나기도 하는데,

승려가 된 고빈다는 싯다르타를 알아보지 못한다. 고빈다는 다시 순례 길을 떠나고, 싯다르타는 과거 자신을 건네준 적이 있는 뱃사공 바주데바의 집에 머물게 된다. 싯다르타는 바주데바에게 다른 사람들로 하여금 자신의 이야기를 하게 만들고, 그것을 들어주는 놀라운 힘이 있다는 것을 알게 된다. 스스로 강을 통해 배웠다는 이 힘을 싯다르타도 닮게 되고, 둘은 한 집에서 살아간다.

한참의 시간이 흐른 후 세상에는 고타마의 입적이 다가왔다는 소식이 번진다. 싯다르타가 떠나기 직전에 그의 아이를 임신한 카말라도 자신의 모든 것을 버리고, 아들과 함께 사바티로 향한다. 그런데 길에서 그만 독사에 물려 죽게 되는데, 그 안타까운 현장에 싯다르타가 있었다. 한눈에 자신의 아들을 알아본 싯다르타는 의무감에 바주데바와 거주하는 초라한 집에서 아들과 같이 생활한다. 하지만 사치스럽게 큰 아들은 이런 모든 것이 싫고 말썽꾸러기가 된다.

싯다르타는 아들이 왔다는 사실이 '행복과 평화가 아니라 오히려 고통과 근심 걱정이 찾아온 것'이라는 것을 이해한다. 싯다르타는 아이를 속세로 돌려보내기보다는 더 가르치고 싶었지만 실패하고, 결국 아들을 옛집에 데려다준다. 이후 바주데바는 강물이 가르쳐준 진리를 깨닫고는 역시 숲으로 돌아가고, 강은 이제 싯다르타 혼자 지키게 되었다.

기생 카말라가 기부한 사원에서 머물던 싯다르타의 친구 고빈다는 어느 날 강을 건너다가 현인처럼 보이는 사공과 말을 하게 된다. 얼마 후 그 사공이 싯다르타라는 것을 알게 된 둘은 더 많은 이야기를 나눈다. 두 사람이 자신들이 알게 된 구도에 관해 이야기하는 과정에서 고빈다는 뱃사공이 된 싯다르타가 부처임을 깨닫게 된다.

"가면의 미소, 흘러가는 그 온갖 형상들을 내려다보며 던지는 이 단일성의 미소, 수천의 태어남과 죽음을 내려다보며 던지는 이 동시성의 미소, 싯다르타의 이 미소야말로 자신이 수백 번이나 외경심(畏敬心)을 품고 우러러보았던 바로 그 부처 고타마의 미소와 하나도 다르지 않고 영락없이 똑같은 미소라는 것을 알게 되었다."(220페이지)

2. 『싯다르타』와 헤세

헤세는 셋째 아들 마르틴이 탄생한 1911년 여름, 친구인 화가 한스 쉬투르체네거(Hans Konrad Sturzenegger, 1875~1943)와 3개월 동안 인도 여행을 간다. 예민한 천재 기질의 헤세에게 여행은 그가 할 수 있는 최고의 선물이자 도피처였다. 특히 아시아 여행을 통해 그는 원시림에 대한 강렬한 인상을 받았고, 그것이 생명력을 높여주는 역할을 했다.

"그 (아시아) 여행에서 유럽 문화의 구원과 존속이 정신적 처세술과 정신적 공유 재산의 재발견을 통해서만 가능하다는 것을 분명히 느낀다. 그는 중국인에게서 문화민족의 면모를 느끼며, 대등한 경쟁자처럼 연구해야 한다고 생각한다. 또 동양의 모든 나라에서 서양이 이성과 기술을 호흡하듯이 종교를 호흡하는 것을 본다."(홍성광, 『헤세의 여행』)

헤세의 이 여행이 11년 후에 출간한 『싯다르타』의 근간이 되는 것은 당연했다. 아울러 『싯다르타』를 넘어 『데미안』, 『유리알 유희』 등 모든 소설의 근간에 있는 생각을 만드는 계기가 되기도 했다. 특히 헤세는 스리랑카 여행기에서 짧게나마 소설 『싯다르타』의 배경이 될 만한 글을 남기기도 한다.

"옛날의 원시적인 윤곽을 한 수없이 많은 아름답고 사랑스러우며 재미있기도 한 그림들이 모습을 드러냈다. 불교 전설에서 유래한 그림들이었다. 아버지의 집을 떠나는 부처, 보리수 아래에 있는 부처, 제자인 아난다와 카운디냐와 함께 있는 부처 등이다."(『헤세의 여행』 속 '캔디에서의 산책')

아시아 여행은 또한 헤세의 사고에도 큰 영향을 주었는데, 그는 여행 후기에서 이렇게 말한다.

"우리들 각자는 자신의 인도, 자신의 아시아를 발견하고 내면에 간직하게 되었다. 대상을 인식하는 이미지는 나중에는 또 변했고, 그것의 가치와 해석을 달리하게 되었다. 아득히 먼 조상을 꿈결에 찾아간 기분이었고, 인류의 동화 같은 유년 상태로 돌아간 느낌이었다. 나는 이런 체험으로 동양의 정신에 대한 깊은 외경심을 느꼈다. 그 이후로 인도와 중국에 의해 각인된 동양은 내게 자꾸만 더 가까워졌고, 위로해주는 사람이자 예언자가 되었다. 그도 그럴 것이 서양의 노쇠한 자식인 우리는 원시 민족의 원형과 순진무구한 상태로 결코 되돌아갈 수 없었기 때문이다."(『헤세의 여행』 속 '인도에 대한 추억')

헤세의 작품 세계는 대부분 개인의 영적인 성장에 기초한 것이다. 반면에 『싯다르타』는 개인의 성장은 물론이고 사상적 완성이라는 동양적 주제에 심취한 소설이라는 점이 독특하다.

헤세는 44세 되던 1921년부터 1년 반 동안 창작 활동이 불가능할 정도의 우울증에 빠져 있었다. 다행히 전에 치료받았던 랑 박사의 스승이자 저명한 심리학자 C. G 융의 정신 분석을 받은 후 창작을 재개한다. 그 사이에 출간한 책이 『클링조어의 마지막 여름』이다.

이런 방황의 시기에 헤세의 마음을 장악한 또 다른 인물이 '요하네스 놀'이었다. 그는 무정부주의자(아나키스트)며, 신비주의에 빠진 인물이었다. 대학에서는 신학과 철학을 전공하다가 중퇴하고, 에리히 뒤잠과 동성애 관계를 맺고 있었다. 이후 전통적 억압과 관습으로부터 해방을 찾아내는 심리적 기법들을 배웠다. 그런데 이것이 헤세에게는 가장 잘 적용되는 분석이 됐고, 헤세도 빠져들었다. 더욱이 헤세는 집에 돌아와 마리아에게 자유롭고 노골적인 섹슈얼리티에 대한 자신의 생각을 밝혔다. 마리아는 혼돈에 빠지는 게 당연했다. 랑 박사와 놀을 집으로 초대했지만 상황은 더 악화됐다. 이후 이번에는 마리아가 집안 살림을 버리고, 상담을 받기 위해 놀 부부를 찾아갔지만 갈수록 마리아는 혼돈에 빠져들었다. 아픈 마르틴을 제대로 돌볼 수 없어, 상황은 점점 더 복잡해졌다.

헤세가 1921년 융 박사로부터 정신 분석을 받기 시작한 이후 이러한 복잡하고 불안한 가정 상황 속에서 쓴 소설이 바로 동양문화의 진수인 불교를 배경으로 한 『싯다르타』다.

소설 『싯다르타』가 주는 가장 명확한 메시지는 '열반은 이성적으로 파악되는 것이 아니라, 한 순간의 심오한 통찰 속에서 체험될 수 있는 것'이라는 인식이다. 이 길로 가기 위해 헤세는 서양적인 유산과 동양적인 유산을 끊임없이 결합하고, 시적인 치환을 통해 변화된 새로운 형식을 보여준다.

"영원히 지속적으로 변화하며 존재하는 것에 대한 상징인 강물을 보면서 단일 사상을 깨달은 싯다르타에게는 정신과 자연, 사상과 육욕, 선과 악의 대립이 더 이상 존재하지 않으며 모든 것이 단일성의 한 극으로서 똑같이 긍정된다."(역자 박병덕)

헤세가 동양에 대해 가진 생각은 신기하리만큼 긍정적이다. 페낭이나 싱가포르에서 만나는 중국인들을 나쁘게 이야기하는 경우는 극히 드물다. 그 당시 이미 서양에서는 동양을 비하하는 감정이 있었다. 특히 식민지 쟁탈전은 이미 절정을 넘어 포화 상태에 이른 만큼 서양에서 동양은 그저 차지해야 할 대상으로만 여겼을 것이다. 그런데 헤세는 동양의 정신을 상당히 높게 봤다. 이런 성향은 인도학자인 외할아버지를 비롯해 가족들의 상당수가 동양을 다녀왔고, 동양학을 하고 있었기 때문일 것이다. 헤세가 싱가포르 등을 방문했던 1911년의 동양 모습은 사실 그다지 인상적이지 않았을 것이다.

이 때문에 소설가 헨리 밀러(Henry Miller, 1891~1980)는 "노자의 도덕경 이후 내게 이보다 더 중요한 책은 없었다. 헤세는 동서양의 정신적 유산을 시적으로 승화해 일반적으로 널리 알려진 붓다를 넘어서 또 하나의 붓다를 창조했다. 문학의 종교적, 철학적 지평을 넓혀 준 『싯다르타』는 정신적으로 신약성서보다 더 큰 치유력을 가진 작품이다"라고 말할 정도였다.

물론 헤세가 이런 소설을 쓸 수 있는 데는 "인도에서 선교사 생활을 하였으며 인도와 중국의 철학 및 정신세계에 평생 몰두한 아버지 요하네스 헤세, 선교사이자 저명한 인도학자였던 외할아버지 헤르만 군더르트의 영향"(박병덕, 옮긴이 작품 소개. 230페이지)이 없을 리 만무했다. 그렇다 할지라도 1920년에 동양을 이 정도의 시선으로 본 것은 놀라운 일이다.

3. 『싯다르타』 산책

헤세의 정신이나 문학 세계에서 『싯다르타』를 쓴 이유는 무엇일까. 또 이 시기에 가장 큰 메시지는 무엇일까. 또 독자들은 이 소설을 통해 어떤 지혜를 얻을 수 있을까.

나는 무엇보다 헤세가 동양에 대해 가진 긍정적인 마인드가 너무 신기했다. 근대 이후 서양인들이 갖는 동양에 대한 우월 의식은 시간이 지나도 크게 달라지지 않았다. 이는 아프리카를 시작으로 남미, 북미를 거쳐서 아시아로 진행된 제국주의 확장을 통해 증명된다. 물론 이러한 식민지 정책은 제2차 세계대전을 기점으로 힘을 잃어갔지만 지역에 따라서는 아직까지 그 흔적이 남은 곳도 있다.

서구 열강의 식민지 지배는 당연히 사회적, 민족적 이데올로기를 앞세우기 마련이다. 마치 일본이 한국을 식민 통치할 때, 내선

일체 등을 내세우면서 시작한 것과도 같다. 물론 이것은 원나라가 북방 유목 민족을 가장 위에 두고, 그 아래 고려를 둔 후, 한족을 그 밑에 둔 것과도 유사하다.

서구의 동양에 대한 멸시는 1978년 에드워드 사이드가 출간한 『오리엔탈리즘』을 통해 대강의 실체가 보여지기도 했는데, 서구의 동양에 대한 멸시는 여전히 진행 중이다. 미국 사회만 보더라도 여전히 인종에 따른 층위가 정해져 있고, 그것들이 수시로 나타난다. 정치권 역시 이런 심리적 뿌리를 이용하는 짓을 멈추지 않는다.

헤세는 이 부분에서 당시 서구 일반과는 확연히 다른 관점을 갖고 있었고, 그것은 만년의 작품 『유리알 유희』에 이르기까지 명백하게 알 수 있다.

이 소설에서 눈여겨볼 것 가운데 하나는 헤세가 가진 불교의 궁극적 해탈에 관한 것이다. 소설에서 수련을 하는 세 인물을 꼽으라면 부처님을 상징하는 '고타마'와 주인공 싯다르타, 그리고 싯다르타와 함께하다가 고타마의 제자가 된 친구 '고빈다'다. '고타마'는 의심할 여지없이 불교의 궁극적 정점인 열반에 든 존재이다. 하지만 싯다르타는 그에게 배우거나 따라하는 방식으로는 고타마가 도달한 열반을 알 수 없다는 생각에 스스로 그 방법을 찾아가는 인물이다. 그는 다른 수행자처럼 수련도 하고 침잠도 하지만 나중에는 가장 속된 사람이 되기도 한다. 유명한 기생 카말라를 만나서 성적인 것을 탐닉하고, 상인의 파트너가 되어 돈을 알아가기도 한다. 심지어는 그 자리에 익숙해져 탐욕을 부리는 지경에까지 이른다.

헤세에게 있어 성적인 탐닉은 소설에서뿐만 아니라 실제에서도 나타난 것으로 보인다. 가령 그가 쓴 시 「쉰 살의 남자」를 보자.

"하지만 끝이 다가오기 전에 단 한 번 / 눈빛 맑고 곱슬머리를 한 / 그런 여자아이를 / 살짝 보듬어 안고 / 그녀의 입과 가슴과 볼에 입맞춤하고 / 그녀의 윗도리와 바지를 벗기고 싶다 / 그런 다음 하나님의 이름으로 / 죽음이 나를 부르더라도 난 좋으리라. 아멘"(『아름다운 죽음에 관한 사색』)

물론 헤세의 성에 대한 이런 관점이 현실과 얼마나 부합하는지 답할 수는 없다. 다만 그에게 성이나 결혼 등의 제도는 그다지 중요하지 않은 것으로 느껴진다. 소설에서도 이런 관점은 크게 바뀌지 않는다. 『나르치스와 골드문트』에서 골드문트가 수도원을 떠나서 하는 행동과 크게 다르지 않다. 헤세는 불교를 바라봄에 있어, 성적인 절제 등의 계율을 지키는 것보다는 진정한 삶의 궁극에 가는 것을 중시한 것으로 볼 수 있다. 이것은 우리 불교에서도 흔히 나타난다. 요석 공주와 결혼을 해 설총을 낳고 수많은 기행으로 유명한 원효 스님도 소설 속 싯다르타와 별반 다르지 않다. 또 당대의 경허 스님이나 만공 스님 등의 이야기에도 이런 이야기가 적지 않다.

헤세는 한국의 사례는 모를지라도 불교의 원형에 존재하는 수많은 스님들의 행장(行狀, 평생 살아온 일을 적은 글)이나 불교 경전의 원형에서 존재하는 수행에 대해 고민해 싯다르타라는 인물을 만들었을 것이다. 헤세는 싯다르타의 마지막 모습이 고타마와 크게 다르지 않다고 했다. 결과적으로 평생을 순결하게 절대자에게 바치는 것보다는 사람들의 고통을 알고, 그 윤회의 업을 제대로 이해하는 것을 불교가 궁극적으로 추구하는 최고의 목표로 본 것이다.

『싯다르타』에는 다른 책에 나오지 않는 관계가 하나 등장한다. 바로 아버지와 아들의 관계다. 헤세의 부자 관계는 그다지 원만하지 않았을 것이다. 엘리트 학교인 마울브론 수도원에 들어갔다가 7개월 만에 자퇴하고, 김나지움마저 제대로 적응하지 못하는 아들이 헤세의 아버지는 답답했을 것이다. 다행히 작가로서 성공했지만 그렇다고 부자 관계가 완전히 회복되지는 못했다. 헤세도 28세 되던 1905년에 첫 아들 브루노를 얻고, 이후에 하이너와 마르틴을 얻었다. 당시 헤세는 부부 관계가 좋지 않았던 상황이라 부자 관계 또한 좋을 리 없었을 것이다. 또한 헤세의 역마살과 심한 여성 편력을 생각하면 과연 그가 자식들에게 얼마나 다정다감했을까? 아니라는 것은 미루어 짐작할 수 있다.

그래선지 헤세는 다른 소설에서 수도원에 자식을 데려다주는 모습으로 자신의 아버지를 형상화한 반면, 『싯다르타』에서는 싯다르타의 아들의 모습을 통해 아버지로서 헤세 자신을 드러내고 있다. 『싯다르타』에 나오는 아들은 잔혹하리만큼 이해하기 힘든 존재이다. 카말라가 뱀에 물려 죽은 후 싯다르타는 그 옆에 있는 어린 소년이 자신의 아들이란 것을 알고, 강가 오두막으로 데려온다. 하지만 소년은 온갖 투정과 행패를 부린다. 심지어 "당신 같은 사람이 되느니 차라리 노상강도가 되든지 살인자가 되어서 지옥이나 갈 거란 말이에요. 난 당신을 증오해요."(181페이지)라고 말할 정도다. 결국 아들은 카말라의 옛집으로 돌아가버리고, 싯다르타는 아이를 데리고 강을 건너는 사람을 볼 때마다 아들에 대한 회한에 젖는다.

소설 속 부자 관계로써 헤세의 부자 관계 전반을 들여다보기는 쉽지 않다. 하지만 젊은 날의 헤세는 집에 머물기보다는 늘 바깥을 떠돌고 길 위에 있었다. 반면 아이들은 대부분의 시간을 어머니와 보냈다. 1916년에는 마리아와 아들 막내 마르틴이 심리 치료를 받는 상황까지 이르렀다.

이런 점들을 감안할 때, 헤세가 아버지로서 훌륭한 모습이라고 보기는 어렵다. 그런데도 그는 자신이 느꼈던 아버지에 대한 결핍과 더불어 아버지의 역할 사이에서 끊임없이 방황했고, 드물게 『싯다르타』에서 그런 인물을 설정한 것으로 보인다. 다만 동료 뱃사공 바주데바의 우려에도 끊임없이 아들과 함께하려는 싯다르타의 모습은 그가 아이들에게 아버지로서의 역할을 하고자 한 의지로도 읽힐 수 있다.

나 또한 한 아이의 아버지로서 이 소설을 읽으면서 애잔한 마음이 들었다. 동서양을 막론하고 자애로운 부모의 밑에서 자라는 아이는 부모의 성격과 정서를 닮고, 이런 가정의 분위기는 자연 전승되는 게 일반적이다. 물론 이것은 아이들의 삶을 부모가 대신해주는 것과는 다르다.

나 역시 아이들은 스무 살만 넘으면, 스스로 자기의 역할을 해야 한다는 법륜 스님의 말에 동의한다. "자식에 돈을 주는 것은 독을 주는 것과 같다"는 말도 당연히 의미가 있다. 당대 한국에서 부모 세대들의 모습은 적지 않은 우려가 있다. 대부분의 베이비붐 세대(1차 베이비부머: 1955~1963년생)들은 아이들의 결혼, 집 장만 등을 위해 자신의 노후 자금을 소진하는 경우가 많다.

증여가 상속보다는 세금 문제 등에서 유리하다는 생각에 자신의 재산을 자식에게 넘기는 이들도 많다. 결과적으로 노후에 자신의 재산이 없어 양로원 같은 시설로 가는 이들의 이야기도 적지 않다. 또한 어른 세대는 70대까지 경비직 등을 전전하는데 자식들은 그 돈을 받아쓰는 캥거루족도 적지 않은 게 요즘 세태다. 이런 모습은 일견 싯다르타의 아들과도 닮았다고 할 수 있다.

그런데 돌이켜보면 아이를 늦게 놔줄수록 아이는 경쟁력을 잃어가는 법이다. 나는 초등학교 2학년 때부터 고향인 영광의 시골 마을에서 광주를 혼자서 다녔다. 시골집에서 한참을 타고 나와 마을버스를 타고, 영광 터미널에 도착해 다시 광주행 직행버스를 탔다. 광주에 도착해서도 누나들이 자취하는 곳으로 시내버스를 타고 갔고, 무등산 산장에 있는 작은집을 찾아가기도 했다. 어떨 때는 혼자 광주 어린이대공원을 찾아가 놀기도 했다. 그런데 고등 학생인 내 아이는 지금도 혼자 여행을 떠나는 것에 대한 두려움이 있다. 물론 나처럼 역마살이 있지는 않은 것 같기도 하다.

헤세가 지나갈 듯이 묘사한 부자 관계를 보면 다양한 상상을 하게 된다. 그런 점에서 이 소설은 헤세의 삶과 대비할 수 있는 재 미있는 요소를 갖고 있다. 물론 헤세와 자식들과의 관계는 점차 개 선되었고, 노년의 헤세는 편안하게 자식들을 만나고, 손자들에 대 한 자애도 깊은 것이 느껴진다.

제5장
황야의 이리

1. 『황야의 이리』 스토리

이 소설은 쉰 살에 가까운 '하리 할러'라는 사내가 방을 구하러 내 아주머니 댁으로 찾아오면서 시작한다. 그는 10개월가량 그곳에 살았는데, 끔찍하리만큼 사교성이 없는 사람이었다. 하지만 어딘가 독특한 얼굴로 깊은 슬픔에 잠겨 있으면서, 이성적이고 지적으로 잘 다듬어진 얼굴이었다. 나는 그를 호기심 있게 보면서 그가 책을 많이 읽는 사색형 인간이고, 실제적인 직업도 갖고 있지 않다는 것을 알았다. 그는 괴테나 노발리스, 도스토예프스키 등을 읽고, 식사나 음주에 있어서는 아주 불규칙한 습관을 가진 것으로 보였다.

그러던 어느 날 그가 밀린 방세를 지불하고는 갑자기 사라져버렸다. 그는 나에게 자신이 두고 간 원고를 어떻게 해도 된다는 편지를 남겼는데, 그 원고는 병적이면서도 아름답고 깊은 성찰이 담겨 있는 환상적인 글이다. 그가 앓고 있는 영혼의 병은 한 인간의 괴팍한 생각이 아니라, 시대의 병리 그 자체라는 것을 나는 이제야 알았다. 할러는 두 시대 사이에 끼여 있는 자였고, 일체의 안정감과 순수함을 상실한 자였다. 또한 그는 인간의 삶이 지닌 모든 문제를 자신의 개인적인 고통과 지옥으로 승화시킨 자였다. 그래서 나는 그의 수기를 공개한다.(서문)

■ 하리 할러의 수기

"만족과 건강, 쾌적함, 시민들의 잘 길들여진 낙관주의, 평범하고 정상적이고 평균적인 것이 돼지처럼 살을 찌우며 번식하는 것"을 증오하고 저주하는 나는 어느 날 저녁 그런 삶을 끝내야겠다고 마음먹고 거리로 나온다.

나는 스스로를 '고향도, 공기도, 양식도 찾지 못하는 짐승, 낯설고 알 수 없는 세상에 길을 잘못 들어선 짐승'으로 생각한다. 그렇게 길을 나섰다가 나는 '마술극장 / 아무나 입장할 수 없음… 미친… 사람만… 입장할… 수 있음'이라 쓰여 있는 마술극장을 인상적으로 보고 지나친다. 이후 자그마한 고풍의 술집을 찾아서 뻔한 술자리에 끼어든다. 다행히도 마신 포도주가 그의 기분을 달래주었다.

얼마 후 나는 그 집을 나와 거리를 걷다가 '명랑하고 거친 야생성으로 충동 세계의 깊은 곳을 파고 들어가 천진난만한 관능을 진솔하게 뽑어내는' 재즈가 흘러나오는 가게에 관심이 가지만 역시 지나친다. 그러다가 앞서 말한 마술극장을 홍보하는 플래카드를 든 사내를 만난다. 그가 마술극장에는 아무나 들어갈 수 없다고 말하고, 나는 그가 들고 있는 상자에서 무언가를 사려고 한다. 그 남자는 책을 한권 꺼내주고는 황급히 들어가버린다. 이 과정을 통해 나는 『황야의 이리론 — 미친 사람만 볼 것』이라는 책을 만나는데 그 내용은 다음과 같다.

언젠가 '황야의 이리'라 불리던 사내가 있었다. 그는 비록 인간의 옷을 입었지만 한 마리 황야의 이리였다. 그의 가장 큰 특징은 자신과 자신의 삶에 만족하지 못하는 것이었다. 할러는 '인간과 이리가 병존하지 못했고, 서로를 돕는 일은 더더욱 없었으며, 둘은 줄곧 철천지원수처럼 맞서서 한쪽이 다른 쪽을 괴롭혔다'고 생각한다. 그리고 그들은 "삶에서가 아니라 죽음에서 구원을 보며, 자기 자신을 바치고, 내던지고, 지워버리고, 시원(始源)으로 돌아갈 마음의 준비가 되어 있다"는 점에서 '자살자'라고 할 수 있다. 실제로 할러는 자신의 쉰 살 생일날을 자신에게 자살을 허용해도 되는 날로 잡아놓기도 했다. 할러는 몇 년 사이에 직업도, 가정도, 고향도 잃고, 일체의 사회 집단 밖에 홀로 서서 아무한테도 사랑받지 못한 채 뭇 사람들의 의심하는 눈총 속에서 늘 여론이나 도덕과 처절한 갈등을 겪고 있다.

그러던 중 할러는 한 젊은 교수와 우연히 마주쳐서 흥미를 갖게 된다. 하지만 이런 흥미도 얼마 가지 못하고, 관계를 끊는다. 그러던 어느 날 창 뒤에서 격렬한 댄스 뮤직이 흘러나오는 <검은 독수리>라는 술집에 들르게 되고, 거기에서 한 여인을 만난다. 할러는 그녀가 어릴 적 친구 헤르만과 닮아서 이름을 헤르미네로 추정했는데, 그녀의 실제 이름이었다. 헤르미네와의 만남은 할러에게 큰 경험이 된다.

헤르미네는 만나자 마자 "내가 당신에겐 일종의 거울과 같은 존재이기 때문이에요. 내 내면에는 당신을 이해하고 당신에게 답을 줄 수 있는 무언가가 있어요"라고 말하고, 그를 서서히 변하게 한다.

헤르미네가 첫 번째로 시도한 것은 할러에게 춤을 가르치는 것이다. 춤을 추어본 경험이 없는 쉰 살의 남자가 자신감이 있을 리없지만 헤르미네는 그를 격려하며 춤을 가르친다. 그러면서 헤르미네는 할러와 같은 생각을 갖고 살아간다는 것을 느낀다.

할러는 의외로 빨리 춤에 익숙해진다. 그런데 헤르미네는 그에게 또 다른 것을 소개한다. 그의 마음을 사로잡은 젊은 여성 마리아다. 자신감을 찾은 할러는 마리아와 춤을 추고, 그녀와 잠자리도 갖는다. 이 관계에 등장하는 또 다른 존재가 마리아의 연인이기도 한 악사 파블로다. 할러는 그들과 어울리면서 코카인도 마시기 시작한다.

이런 할러의 행동은 대부분 헤르미네가 계획한 것이다. 할러는 헤르미네에 대해 "단순히 새로운 유희나 기쁨만이 아니었다. 그녀는 새로운 이해와 새로운 통찰, 새로운 사랑을 가르쳐준 것이다"
라고 말한다.

이들의 행동은 갈수록 대담해진다. 결과적으로 세 사람이 한 침
대에서 사랑을 나누기도 한다. 헤르미네 역시 그와 사랑을 나누기
시작한다. 그들은 학교에서 가르치는 도덕률(道德律) 대신에 극단
적인 것을 선택한다.

"공포와 쾌락의 채찍에 몰린 인간의 무리가 / 후끈후끈 생고기
가 썩어가는 냄새를 피우며, / 행복과 거친 욕정을 숨쉬고, / 제 살
을 뜯어먹고 또 뱉어내며, / 전쟁과 부드러운 예술을 부화시키고, /
불 붙은 기쁨의 집을 광기로 장식하고"라 말할 정도다.

마술극장에서 가장무도회가 시작되고 할러 역시 이곳으로 향
한다. 할러는 이 밤을 통해 마리아와 거리가 생길 것을 예감한다.
가장무도회에서 할러는 마리아와 헤르미네를 경험하면서 밤을 보
낸다. 이윽고 파티는 소수를 위한 행사로 바뀌어가고, 그 중심에는
파블로가 있다. 파블로는 지하에 있는 <지옥>에서 파티를 지속하
고, 할러는 헤르미네와 더 격렬한 춤에 빠진다.

이윽고 파블로는 할러를 내면 여행으로 인도한다. 그곳에서 할
러는 "아름답고, 소심한, 그러나 길을 잃고 겁먹은 눈으로 쳐다보는
이리, 때론 악의에 찬, 때론 슬픔에 적은 눈을 반짝거리는" 황야의
이리였다.

파블로는 할러를 극장으로 이끈다. 극장에는 수많은 메시지를 담은 방이 있다. '즐거운 사냥을 위하여! 자동차 사냥' 방은 사람들이 길 위를 지나는 자동차를 겨냥해 사람을 살상하는 것으로 인간이 지닌 파괴욕과 살인욕을 적나라하게 느낄 수 있는 곳이다. '황야의 이리 조련의 기적' 방은 조련하는 느낌과 당하는 느낌을 동시에 체험하는 곳이다. '모든 소녀는 너의 것' 방은 할러를 열대여섯의 나이로 이끌어 자신이 만났던 소녀들과의 관계를 다시 느낄 수 있게 했다. 그곳에서 할러는 춤을 가르쳐주었던 이룸가르트, 처음 유방에 키스하게 해준 엠마 등도 체험한다.

그리고 마지막 문을 열고 들어가자 바닥의 카펫 위에 헤르미네와 파블로가 벌거벗은 채 누워 있다. 할러는 주머니칼을 꺼내 헤르미네를 깊숙이 찌른다. 헤르미네는 조용히 숨을 거두고, 파블로는 일어나 카펫의 가장 자리로 그녀를 덮어주고 떠난다. 결과적으로 그녀가 완전히 나의 것이 되기 전에 죽은 그녀의 소원을 들어준 것이다.

101

그리고 할러는 '하리의 처형'에 동의한다. 이것은 헤르미네를 죽인 것에 대한 재판이 아니라 '마술극장의 고의적인 오용으로 기소되어 유죄 언도(쉬운 말로)를 받은 것'이다.

이 꿈같은 과정을 거친 할러는 스스로 인생이라는 유희의 수십만 개의 장기말이 모두 내 주머니에 들어 있다는 것을 알았고, 충격 속에서 그 의미를 어렴풋이 깨닫게 된다.

2. 『황야의 이리』와 헤세

헤세가 『황야의 이리』를 출간한 것은 그의 나이 오십 살이 되던 1927년의 일이다. 중년이 된다는 것을 절실히 느낄 나이에 그의 작품 세계에서 가장 강렬한 소설을 썼다. 그 이유를 알기 위해서는 헤세의 개인사와 정치적 상황을 같이 파악할 수밖에 없다.

헤세는 1923년 마리아 베르누이와 이혼하고 다음 해에 바젤에서 루트 벵거(Ruth Wenger)와 재혼한다. 그런데 그 다음 해에 루트 벵거 역시 병에 걸리고, 첫 부인은 동생의 자살로 인해 신경 발작을 일으킨다. 아이들로 인해 왕래하던 상황이라 헤세 역시 마음이 복잡하기는 마찬가지였다. 바젤, 몬타뇰라, 바덴, 취리히 등을 휴양과 주거로 전전하던 1926년 헤세는 『황야의 이리』 집필을 시작한다.

이 시기에 심각한 우울증에 빠진 헤세는 이따금 자살을 생각하기도 한다. 그러다가 1926년 취리히에 있는 한 고급 호텔의 가장무도회에서 에로틱하고 관능적인 환란을 경험한다. 그 경험이 『황야의 이리』를 쓰는 주요한 소재가 됐고, 집필도 시작한 것이다.

그런데 다음 해 1월에 루트가 이혼을 요구한다. 이미 신뢰를 잃은 상태에서 헤세는 2월 바덴에서 병에 걸린다. 그때 그를 간호한 사람이 니논이다. 니논의 간호를 받으면서 4월에 이혼 판결을 받은 헤세는 니논과 본격적으로 동거를 하게 되고 『황야의 이리』를 정식 출간한다.

이런 삶의 여정을 통해 우리는 헤세가 이 기간 동안 얼마나 복잡한 상황이었는지 충분히 인지할 수 있다. 그런 정신적 혼란 상황이 오히려 그의 소설 중 가장 복잡한 작품이 탄생하는 계기가 된 것을 추론할 수 있다. 어쩌면 글이 그의 삶을 풀어줬고, 그 해소를 통해 헤세는 다시 일어설 수 있는 힘을 얻을 수 있었지 않았을까.

이 시기를 정치적 상황으로 살펴보면, 제1차 세계대전이 끝나고, 제2차 세계대전의 싹이 생겨나던 때다. 1923년 11월 아돌프 히틀러는 독일 정부를 전복시키기 위해 뮌헨 폭동을 일으키고 잠시 수형 생활을 하기도 한다. 이 시기는 또한 제1차 세계대전으로 독일에 주둔하던 프랑스와 영국, 벨기에 군이 철수하던 때이기도 하다.

제1차 세계대전의 패배 후에 독일인들이 겪은 혼돈은 상당했다. "신념의 훼손, 이념적 패배, 독일 이데올로기의 와해, 이 이데올로기의 구심력, 즉 이 전쟁에서 이념적 적대 세계인 민주적 문명 세계에 '함께' 굴복당한 독일 문화 이념의 붕괴"(토마스 만이 1928년 기고한 「문화와 사회주의」 중에서)라고 말할 정도였다. 따라서 이 시기 독일인들은 전승된 문화를 고집해야 할지, 새롭게 수정해야 할지 갈팡질팡하던 복잡한 상태였다.

스위스와 독일을 배회했지만 헤세 역시 크게 다르지 않았다. 그리고 이 시기는 사상적으로도 너무 복잡했다. 헤세가 소설 안에서 몇 차례 비웃는 미국식 자본주의 역시 막 부각하고 있었다. 또한 러시아 혁명으로 마르크스 사적 유물론도 퍼지고 있었다. 헤겔로 대표되는 독일 관념론과 쇼펜하우어, 니체의 염세론적 사상도 공존했다. 물론 하리 할러가 만난 괴테나 모차르트 등 문학이나 음악가들도 그의 뇌를 침범하고 있었다. 무엇보다 이 시기는 헤세가 랑 박사를 만난 시기여서 프로이트나 융(Jung, Carl Gustav)의 정신분석학도 헤세의 생각에 큰 영향을 미쳤다.

때문에 번역자 김누리 교수도 『황야의 이리』를 평하면서 "애인과의 별거, 낯선 도시의 다락방에 처박힌 은둔자, 우울증과 자살 기도, 가면무도회의 관능적 환락, 정신분열 증상 등 헤세의 실존적인 위기의 체험들이 하리 할러라는 인물을 통해 이 소설 도처에 배어 있다"고 분석했다.

3. 『황야의 이리』 산책

나에게 헤세의 책 가운데 가장 읽기 힘든 책을 물으면 당연히 『황야의 이리』라고 말한다. 다양한 종교, 문화, 사상이 나오는 『유리알 유희』보다 이 책을 읽기 힘든 이유를 한마디로 말하면 '불편함'이다.

소설 전체는 하리 할러라는 정신 분열자의 생각으로 보는 게 맞다. 여기에 마약, 동성애, 그룹 섹스, 고급 창부 등 당시로서는 충격적인 소재를 다루고 있다. "현실과 비현실, 의식과 무의식이라는 두 개의 양식을 결합해 만드는 대위법적인 양식, 화자의 퍼스펙티브(관점)의 노련한 전환, 심미적 거리를 조성하는 메타 픽션적 서술 등 다채로운 현대 소설적 기법이 실험"(역자 김누리)된다고 할 만큼 스토리 전개 역시 일반적인 스토리텔링이 아니다.

그렇다면 이 소설을 건너뛰어 바로 『나르치스와 골드문트』로 넘어가는 것을 고려해 볼 수도 있을 것이다. 하지만 가장 예외적인 이 작품을 건너뛰는 것은 헤세에 대한 이해에서 큰 오류가 될 수 있다는 것도 알아야 한다. 『황야의 이리』를 거친 후에 비로소 이후 쓰여지는 『나르치스와 골드문트』, 『유리알 유희』의 성숙미에 도달하기 때문이다.

『황야의 이리』에서 보여준 방황의 모습은 현대 정신에도 상당히 깊게 관여했다. 이 책은 1927년에 쓰여진 책이지만, 40년 뒤에 미국에서 가장 주목받은 책이 됐다. 베트남 전쟁이 한창이던 1960년대 말 미국 대학이 있는 지역에서 헤세의 책은 말 그대로 종잇값을 올릴 만큼 폭발적인 인기를 얻기 시작했다. 대학생은 물론이고 고등학생들도 헤세의 책 『황야의 이리』와 『싯다르타』를 놓고, 시대에 대한 열띤 논쟁을 벌였다. 이 책들의 문고판은 한 달 만에 36만 부가 팔리는 진기록을 세우기도 했다. 헤세의 책들은 미국과 유럽에서 소위 68세대로 불리는 이들에게 성경과 같은 역할을 했다.

이들이 헤세를 동원한 이유는 명확했다. 특히 『황야의 이리』에는 "휴머니즘의 입장에서 나온 반전사상, 교양 속물들에 대한 신랄한 비판, 서양 문명의 몰락에 대한 묵시록(최후의 멸망에 대한 예고)적 경고, 기존의 위선적인 생활 방식에 대한 저항, 환각이라는 신비로운 세계의 형상화 등과 같은 기만적인 전쟁과 이미 힘이 빠진 문명과 권위주의적인 기성 질서에 반기를 든 젊은이들의 의식과 호응"(역자 김누리)했기 때문이다.

대학의 반전자들은 물론이고 미국 히피(반사회적인 평화주의자)들은 이 책이 다루고 있는 반전, 마약, 섹스 등에 호응할 수밖에 없었다. 그렇다고 『황야의 이리』가 일탈을 옹호하는 책은 아니다. 이 책의 내부에는 세상으로 창을 넓히는 동시에 내면세계 속 심연으로 다가가는 과정을 그리고 있기 때문이다. 또 복잡한 세계 속에 살아가는 인간 내면의 진실과 인간에 대한 사랑이 배어 있기 때문이다. 마약, 섹스 등은 단지 소재였을 뿐, 그 유사성으로 열광할 수는 없기 때문이다.

개인적으로 이 책의 후반을 읽으면서 떠오른 단어가 '남가일몽'(南柯一夢)이나 '한단지몽'(邯鄲之夢) 같은 고사다. 한 사람이 수많은 우여곡절을 겪은 후 일어나보니 나무 아래에서 꾼 짧은 꿈에 지나지 않는다는 고사들인데, 우리 소설 서포 김만중의 『구운몽』을 통해서도 나타난다.

하리 할러가 마지막에 깨달은 '장기말'이라는 표현도 결국 한순간에 꿈으로 볼 수 있다. 어릴 적부터 동양학을 연구하는 집안에서 자랐고, 장자나 노자에 관한 책도 탐독한 만큼 헤세가 '한단지몽'의 고사를 몰랐을 리는 없다. 소설의 막판에 '장기말'을 넣은 것도 정직하게 스토리텔링의 근원을 밝힌 거라고 할 수 있다. 실제 삶에서도 헤세는 이 시기가 '한 순간의 꿈'처럼 지나가길 바랐을 수 있다.

나 역시 마찬가지다. 돌이켜보면 마흔이 되던 시기에 귀국했고, 인생에서 가장 힘든 시기를 겪었다. 가장 힘들 때, 그저 하루하루가 꿈이기를 소망하던 때도 있었다. 어떻게든 그 시기를 버텨갔다. 끝이 보이지 않은 터널이었지만 포기하지 않고 걸었고 마침내 도달한 터널 끝에서 빛이 비추었다. 그리하여 터널이든, 터널 밖이든 세상임을 알았던 것도 이 시기였다. 조개가 진주를 품기 위해서 상처를 얻는 시기가 있듯이 나나 우리 가족에게도 그런 시기라고 위로하기도 했다.

헤세는 인생에서 가장 힘든 시기에 이 소설을 썼다. 나 역시 헤세가 이 소설을 쓰던 시기와 비슷한 나이가 됐다. 앞서 <『황야의 이리』와 헤세>에서 분석했듯이 이 시기는 정치적으로, 가정적으로, 개인적으로 헤세 인생에서 가장 혼돈스러운 시기였다. 그런 점에서 보면 이 소설은 헤세가 정신적으로 따르던 니체의 명문장 "춤추는 별을 잉태하려면 내면에 혼돈을 지녀야 한다"(『차라투스트라는 이렇게 말했다』)는 것과 같은 의미일 것이다.

마약이나 총기가 흔하지 않고, 자유주의적 생활 방식이 익숙하지 않은 한국에서 『황야의 이리』에 나오는 생활들은 극히 소수의 부유층들이 노는 방식일 뿐 일반인들과는 거리가 먼 것으로 느껴진다. 하지만 그렇다고 우리의 본성 안에 이런 일탈의 요소가 없다고 말한다면 지나치게 평면적인 시각일 것이다.

흔히 하는 속된 말 중에 '지랄 총량의 법칙'이라는 개념이 있다.

사람이 살면서 평생 해야 할 '지랄'의 총량이 정해져 있다는 의미다. 결국 대부분의 사람에게는 일상의 도덕률을 벗어나려는 욕구가 내재해 있다는 것이다.

물론 헤세처럼 젊은 시절부터 조금은 철없이 그런 모습이 나타나는 이들이 있고, 너무 착해 보여서 지랄이라고는 전혀 없을 것 같은 이들도 있다. 하지만 후자라고 해도, "과연 일상적인 삶에서 그런 기질이 전혀 없을까"라고 물어볼 필요는 있을 것 같다. 내 주변의 많은 사람들은 내가 비교적 조용한 편이라 나에게는 그런 지랄이 없을 것으로 생각하지만, 내 스스로를 곰곰이 들여다보면 내 안에도 작고, 세밀한 곳에는 분명 그런 기질들이 있다.

중요한 것은 개인이 이런 일탈의 시간을 어떻게 보내고, 어떤 방식으로 통제하느냐에 따라 인생이 달라진다는 점이다. 헤세는 그런 기질적 인자를 삶에서도 약간 표출했지만, 『황야의 이리』 같은 파격적인 소설을 통해 풀어냈다. 이제는 중견 작가가 된 김영하 작가도 초반기 소설 『나는 나를 파괴할 권리가 있다』 같은 소설을 통해 풀어냈고, 이후 진일보한 작품 세계로 나아갔다. 비슷한 스타일의 작가로 장정일이나 마광수 같은 이들도 있다. 이들은 경중은 다르지만 나름대로 일탈의 방식으로 삶을 소설로 풀어냈고, 실제 삶도 그런 경우가 있었다.

작가가 아니라도 일반인 역시 삶에서 이런 순간을 지난다. 그리고 그 시기를 어떻게 잘 이겨내는가에 따라서 인생의 방향이 결정되기도 한다. 뛰어난 이들은 이런 기질을 오히려 자기 자신을 업그레이드하는 계기로 삼기도 한다. 최근 『90년대생이 온다』, 『관종의 조건』으로 주목받는 임홍택 씨도 기업의 마케팅 전문가로 활동하다가, 문화 코드에 관심을 가진 후 그것을 분석해 책으로 내면서 새로운 삶을 살게 됐다. 그는 관종(관심을 통해서 존재를 확인받는 사람)이 선택이 아닌 필수가 되는 시대가 온다고 본다. 예측 불가능할 정도로 빠르게 변모하는 시대에서 관심은 교환 가능한 화폐의 개념으로 진화했다고 분석한 것이다. 때문에 과거와 달리 한 직장에 오래 머물지 못하는 환경으로 바뀐 상황 속에서 회사원들은 빠른 판단과 포기를 통해 독립형 인간이 되어야 한다고 말한다. 책을 쓴 이유도 우리 사회에서 진정으로 중요해지고 필요해진 관심을 어떻게 올바르게 끌어내고 활용할 수 있을지 알아보고자 하는 데 있다고 말한다.

110

일탈과 관종(남들 사이에서 관심을 갈구하는 것)은 다르지만 유사한 지점이 많다. 혼자서는 외로워 자신의 존재를 느낄 수 있는 타인들에게 인정받고 싶어 하는 욕구라는 점에서 비슷하다.

그런 의미에서 『황야의 이리』는 읽기 힘들지만 헤세라는 사람의 진수를 만나기 위해서는 반드시 지나야 하는 강이다. 그 강에는 식인 물고기도 있고, 악어도 있을 수 있지만 그 강을 지나야 더 안전한 대지에 다다를 수밖에 없다. 그 강을 건너야 하는 목적은 그만큼 뚜렷하다.

해설서를 쓴 김누리 교수가 "이 소설을 통해 헤세는 정신적 위기의 시기에 가졌던 비극적 세계관을 극복하고 처음으로 최고의 인간성과 생활 능력 사이의 화해가 가능하다는 생각에 이른다"고 분석한 것도 그런 까닭이다.

1. 『나르치스와 골드문트』 스토리

유서 깊은 마리아브론 수도원에는 두 명의 존경받는 인물이 있다. 한 명은 나이든 수도원장이고, 한 명은 젊은 생도인 나르치스이다. 수도원장은 존경을 받았지만, 학자가 아니었고 라틴어나 희랍어를 알지 못해서 사람들은 이 두 언어를 능숙하게 구사하는 나르치스에게 매료되는 게 일반적이었다.

어느 날 이 수도원에 나르치스보다 두세 살 어린 골드문트가 들어온다. 지적으로는 나르치스에 이르지 못하지만, 두 사람은 서로에게 호감을 갖는다. 그러던 중 골드문트는 일탈을 꾀하는 아돌프 일행을 따라 수도원 밖을 몰래 빠져나와 마실을 간다. 그곳에서 그들은 한 소녀를 만나고, 소녀는 골드문트에게 키스하면서 다시 올 것을 요청한다. 이 마실 후 골드문트는 한동안 마음앓이를 시작한다. 그런 골드문트의 모습에 나르치스가 관심을 가지면서 둘은 더 깊은 우정을 쌓게 된다.

골드문트는 기질상 학문의 세계로 완전히 빠지지 못한다. 하지만 그것을 인정하기 싫어하는 나르치스는 골드문트에게 "(너 같은 사람이야말로) 삶의 힘은 충만해 있고, 사랑의 힘과 체험의 능력을 부여받은 존재"라며 예술가가 될 수 있는 기질이 있다고 말한다.

골드문트는 나르치스의 말에 충격을 받고 정신을 잃을 만큼 혼돈에 빠진다. 나르치스의 말은 '골드문트가 어머니의 기억을 의도적으로 잊고, 아버지의 요청에 따라 성직자의 길을 가려한다'는 것을 지적한 것이기 때문이다. 골드문트는 부정하고 싶었지만 끝내 인정할 수밖에 없었다. 골드문트의 어머니는 원래 춤을 추는 매력적인 이교도 여성이었는데, 아버지가 데려와 자신들의 사회에 편입시켰다. 하지만 원래의 기질을 잊지 못한 어머니는 결국 집을 나갔다. 이에 절망한 아버지는 사죄하는 의미에서 골드문트를 사제로 만들려고 한 것이다.

얼마 후 수업에 빠진 나르치스가 혼자만의 명상을 갖는다. 그 사이 골드문트는 안젤름 신부의 지시로 약초를 채취하기 위해 밖으로 나간다. 그곳에서 골드문트는 과거 자신에게 키스했던 여인 리제를 우연히 다시 만난다. 서로를 탐닉(耽溺)한 후 골드문트는 밤에 수도원을 빠져나와 리제를 찾겠다고 약속한다.

나르치스를 찾아가 상황을 말한 골드문트는 그날로 수도원을 나와 리제와 건초더미에서 격정의 하루를 보낸다. 다음 날 새벽, 자신은 유부녀라는 말을 남기고 리제는 떠나버린다. 며칠 동안 숲속을 헤매던 골드문트는 한 노파의 집에 잠시 머무는데, 그 노파의 며느리도 골드문트를 유혹한다. 그렇게 방황하던 한두 해 동안 많은 여인이 그와 사랑을 나눈다. 하지만 그에게 더 이상 집착하지는 않았다.

그러던 중 골드문트는 어느 유복한 기사(騎士)의 저택에 도착한다. 그 집에는 부인을 잃은 늙은 주인이 두 딸(열여덟 살의 뤼디아와 열여섯 살의 율리에)과 살고 있었다. 다음 날 골드문트는 떠나려 했지만, 주인이 자신의 순례 여행 보고서 집필을 도와달라는 부탁에 당분간 머물기로 한다. 두 딸과 적당한 거리를 유지하며 지내던 어느 날, 이웃 농장 주인이 부인 등과 함께 그곳을 찾는다. 파티에서 농장 주인의 부인이 골드문트와 메시지를 주고받는데 이를 본 뤼디아가 질투를 하는 묘한 분위기가 형성된다.

다음 날 골드문트는 말을 타고 산책을 나갔다가, 말을 타고 온 뤼디아와 서로의 감정에 대해 이야기를 나눈다. 뤼디아는 그와 결혼이 쉽지 않은 상황을 감안해 거리를 두려 하지만 두 사람의 불안한 미래에도 불구하고 뤼디아의 골드문트에 대한 감정은 조금씩 증폭된다. 서로에 대한 사랑의 감정이 커질수록 골드문트에게 다가올 위협도 그만큼 커지는데, 더욱이 빼어난 미모를 가진 율리에가 두 사람의 사이를 눈치 챈 이후 긴장은 더욱 고조된다. 그러던 어느 날 골드문트와 뤼디아가 침대에 누워 있을 때, 율리에가 찾아오면서 사태는 파국으로 치닫는다. 이 상황을 풀어내야 하는 뤼디아는 다음 날 아버지에게 모든 사실을 고백한다. 기사는 골드문트를 집에서 쫓아내며 돌아올 경우 죽이겠다고 경고한다.

다행히 뤼디아가 하인을 통해 보내준 여비와 물건들로 골드문트는 안정적으로 여행을 지속한다. 기사의 집을 떠난 골드문트는 조금은 잡스러운 기질이 있는 여행자 빅토르를 만나 사흘 동안 함께 여행하며, 여행자들의 생존법을 배우기도 한다. 하지만 자신이 가진 금화를 훔치려는 빅토르와 몸싸움 끝에 그를 죽이고 만다.

어느 마을에 도착한 골드문트는 그곳 성당의 신부에게 빅토르를 살인한 사실을 고백한다. 그곳에서 그는 깊은 영감을 준 성모상을 만든 명인 니클라우스를 알게 된다. 니클라우스가 만든 성모상에서 출산할 때 여인의 표정과 최고의 쾌락에 빠진 여인의 모습을 동시에 느낀 골드문트는 니클라우스에게 견습생이 되고 싶다고 요청한다. 무엇이든 그려보라는 명인의 요청에 골드문트는 나르치스의 모습을 기억해내곤 그의 모습을 그린다. 그것을 본 명인은 그의 자질을 인정하였고, 자기 곁에 머물 수 있도록 허락한다.

일 년 만에 골드문트는 그림도 조각도 어느 수준에 도달한다. 한편 골드문트는 명인이 돈을 벌어서 금이야 옥이야 키운 명인의 딸 리즈베트에게 관심을 갖는다. 명인은 갈수록 자아가 강해지고, 낭비벽도 있고, 허다한 연애사를 가진 제자가 점점 더 달갑지 않다. 그런 가운데 골드문트는 나르치스를 사도 요한상으로 형상화하는 작업에 들어간다. 여전히 갈등이 식지 않았지만, 스승은 골드문트가 완성한 나르치스의 조각을 보고는 극찬을 아끼지 않는다. 두 사람이 함께 식사하는 자리에 리즈베트도 같이하고, 스승은 골드문트에게 금화 두 잎을 주며 칭찬한다.

골드문트는 방랑의 시간을 그저 헛되이 보내지 않았고, "느끼하고 배부른 망상(妄想), 자족감과 우쭐함, 나태함에서 오는 안일함은 그에게서 떨어져 나갔다. 그러고는 고독과 번민에 빠져들고, 떠돌이가 되고, 고통과 죽음을 관찰하고, 모든 활동의 덧없음으로 관찰하고, 심연을 응시하게" 되었다. 그리고 그것을 작품으로 형상화하기 시작한 것이다.

골드문트의 재주를 확인한 니클라우스는 그에게 장인(匠人)의 명예를 주고, 리즈베트와 결혼하여 안정적인 삶을 살 것도 제안한다. 하지만 골드문트는 이를 뿌리치고 다시 방랑의 삶을 선택한다.

다시 길을 떠난 골드문트는 보덴 호 부근이 고향인 로베르트와 동행한다. 그들은 흑사병으로 마을 전체가 죽어가는 곳을 본다. 골드문트는 그 죽음들을 담담하게 응시하고, 그곳에서 살아난 레네라는 소녀를 여행길에 합류시킨다. 이들은 숲 근처의 오두막을 숙소로 고쳐서 겨울을 대비한다. 그러던 어느 날 낯선 이방인이 레네를 강간하려 하고, 골드문트는 그 사람을 다시 살해한다. 하지만 얼마 후 레네가 흑사병 증세를 보이자 로베르트는 줄행랑을 치고, 슬픈 최후를 맞는 레네의 곁을 골드문트는 마지막까지 지킨다.

다시 떠난 방랑의 길, 죽음의 도시로 이어지는 길을 가면서 골드문트는 아버지가 화형당한 아름다운 소냐 레베카를 만나기도 한다. 이 길에서 골드문트는 스승 니클라우스에게 돌아가 그림을 그리고 싶은 창작의 열망이 다시 솟구친다.

드디어 스승의 마을에 도착했다. 하지만 모든 것은 변해 있었다. 자신과 결혼할 뻔한 리즈베트는 흑사병에 걸렸고, 그녀를 치료하던 스승 니클라우스는 이미 세상을 떠났다. 흑사병으로 건강과 아름다움을 잃고, 병든 모습으로 폐가를 지키고 있던 리즈베트는 끝내 골드문트를 거부했다.

골드문트는 다행히 그를 알아보는 소녀 마리의 집에 머물면서 다시 그림을 그리기 시작한다. 그러다가 이 도시의 사태를 수습하기 위해 황제가 보낸 하인리히 백작의 애첩 아그네스를 만나고, 골드문트는 그녀를 정복하고 싶다는 강한 욕구에 빠진다. 그녀 역시 골드문트에게 매력을 느끼게 되고, 그를 궁성으로 끌어들여 두 사람은 격렬한 사랑을 나눈다. 다음 날 골드문트는 다시 아그네스가 있는 궁성을 찾아가지만 체포되고, 다음 날 교수형에 처할 위기에 빠진다.

마침 그곳을 방문한 황실에서 파견된 성직자가 교수형에 처한 사형수의 마지막 고해성사를 받겠다고 자처한다. 죽음을 앞두고 마지막 잠을 자던 골드문트는 꿈속에서 오랫동안 보지 못한 생모를 만난다. 그리고 살고 싶다는 강한 집착도 생겨난다.

다음 날 들어온 성직자는 다름 아닌 골드문트가 그동안 수없이 생각했던 나르치스였다. 그는 수도원장 요한으로부터 사면을 받았다는 소식을 전한다. 오랜만에 재회한 두 사람은 궁성을 떠나 수도원으로 가는 길을 동행한다. 오랜만에 둘은 진솔한 대화를 나눈다. 특히 나르치스는 골드문트가 예술의 세계를 통해 새로운 것을 만났다는 것을 깨닫게 된다. 나르치스는 "예술가들이 지닌 '원형'이 형태로 나타나 이데아(idea, 모든 존재와 인식의 근거가 되는 항구적이며 초월적인 실재)가 구현된다"고 말하고, 골드문트가 그 활동을 할 수 있게 돕겠다고 말한다.

일행은 수도원으로 가는 길에 오래전에 머물렀던 기사의 집에서도 하루를 머문다. 그 집은 이미 성숙한 여인이 된 율리에가 안주인이었다. 하지만 그 집 사람들은 골드문트를 알아보지 못하고, 골드문트 일행은 씁쓸하게 다음 날 다시 출발한다.

수도원에 도착한 골드문트는 나르치스와 생각을 나누면서 안정을 찾는다. 골드문트가 서가(書架)로 이어지는 층계와 서가 자체를 목재 조각으로 장식하겠다는 계획을 말하자, 나르치스도 환영한다. 그는 한쪽에는 세상을, 한쪽에는 하느님의 말씀을 나타내도록 밑그림을 그린다. 총명한 제자 에리히까지 합세하여 골드문트의 작업은 순조롭게 진행된다. 골드문트와 같이하면서 나르치스는 골드문트를 통해 예술의 가치를 다시 보고, 골드문트는 나르치스의 초연함과 평화로운 마음을 이룬 가치를 인정한다.

수도원의 서가 작품이 끝나고, 골드문트는 수도원에 딸린 신축 마리아교회의 제단을 만드는 일을 다시 시작한다. 골드문트는 처음 성모 마리아의 형상으로 기사의 딸 뤼디아를 떠올린다. 그런데 골드문트에게 지금의 안정이 오히려 불안하다. 더욱이 그는 농사꾼의 딸 프란치스카에게 호감을 느끼고, 육체적 관계를 하려 하지만 거절당한다. 골드문트도 이제 자신이 늙어가는 것을 인정해야 함을 느낀다.

제단의 가장 중요한 부분인 마리아상이 완성되자, 나르치스는 칭찬을 아끼지 않는다. 골드문트는 자신도 역시 기쁘지만 이제 다시 여행이 필요하다며 나르치스를 설득하고 휴가를 떠난다.

친구가 떠나고 나르치스는 그의 안위를 걱정하지만 한편 근본적인 삶의 가치에 대한 고민도 같이한다.

"세상에 등을 돌리고 손을 씻은 채 정결한 삶을 살면서 조화가 넘치는 아름다운 사상의 정원을 꾸며놓고 잘 가꾸어진 화단 사이로 죄를 모르고 거니는 것보다는 어쩌면 세상의 끔찍스런 흐름과 혼돈에 자신을 내맡긴 채 그러다가 죄를 짓기도 하고 죄의 쓰라린 결과를 감수하기도 하며 살아가는 것이 결국에는 더 당당하고 위대한 것인지도 모른다."(457페이지)

여름이 지나고, 이슬비가 내리는 어느 날 오후 골드문트는 돌아온다. 그는 조용히 자기의 방으로 들어가 거울 속 자신의 얼굴을 본다. 수염이 하얗게 센 의지할 데 없어 보이는 노인네가 흐릿한 거울 안에서 자기를 마주 보고 있었다. 그가 만난 많은 사람들이 떠오르기도 했지만 무엇보다 자기 자신에 대해 느끼는 감정과 맞아떨어지는 얼굴이었다. 젊은 시절의 아름다운 골드문트가 갖지 못했던 무언가가 우러나왔다.

한편, 골드문트는 여행 중에 한때 죽임을 당할 수도 있었던, 치명적인 연애를 나눴던 하인리히 백작의 애첩 아그네스를 찾아갔었다. 그런데 그녀는 그와의 관계조차 부인하는 것이었다. 정신이 혼란스러운 골드문트는 말과 함께 계곡으로 떨어져 치명적인 상처를 입고 말았다. 그런 몸으로 여행을 하다가 몸은 더 악화되었고 뒤돌릴 수 없는 상태가 되어서야 돌아온 것이다.

골드문트는 나르치스에게 뒤늦게 자기가 걸어온 삶에서 어머니가 어떻게 존재했는지를 설명한다. 금방이라도 사그라질 듯 가빠진 숨을 참으며 골드문트는 그가 가장 형상화하고 싶었던 것은 자신이 어릴 적 잡았던 어머니의 손이라고 말한다. 하지만 그것은 형상화할 수 없는 마지막 소명이라고 말하고, 죽음을 평안하게 받아들인다. 아울러 어머니가 없는 나르치스를 위로하고는 마침내 숨을 거둔다.

2. 『나르치스와 골드문트』와 헤세

우리나라에는 '지와 사랑'으로 소개된 『나르치스와 골드문트』는 헤세의 나이 53세에 발표한 소설이다. 개인적으로는 두 번째 부인 루트 벵거와 결혼(1924)을 하고 연이어 이혼(1927)을 했던 시기였다. 두 번째 결혼도 3년 만에 파국을 맞은 것이다. 두 번째 부인과 이혼의 가장 큰 이유는 루트 벵거가 나치에 동조했기 때문이다. 따라서 이혼 후 3년 뒤에 출간한 『나르치스와 골드문트』는 헤세의 실존적 고민이 가장 많이 담긴 소설이라 할 수 있다. 이 소설을 번역한 임홍배 교수는 이 소설이 전형적인 성장 소설이라고 말한다.

"헤세 자신의 『영혼의 자서전』이라 일컬은 바 있다. … 헤세가 오십 대에 이 작품을 발표했다는 사실을 고려하면 이 작품은 작가 자신의 성장기 체험에 대한 회고담으로 이해될 수도 있다."(역자 임홍배)

소설의 시작에서 골드문트가 아버지의 손에 이끌려 마리아브론 수도원에 들어가는 장면이 나온다. 헤세는 14세 되던 1891년에 마울브론 수도원의 신학교에 입학했다. 이 신학교는 수학자이자 천문학자인 요하네스 케플러(Johannes Kepler, 1571~1630), 시인 프리드리히 횔덜린 (Friedrich Holderlin, 1770~1843)을 배출한 엘리트 및 신학자 육성 학교였다.

『나르치스와 골드문트』에 나오는 신학자들은 헤세가 신학교에서 7개월이란 짧은 시간 동안 만났던 느낌과 이후 얻어진 지식으로 만들어진 인물들이다. 헤세의 신학자에 대한 관심은 만년의 대작 『유리알 유희』로도 이어지는 것을 볼 때, 비록 짧았지만 신학교 때의 경험이 얼마나 강렬했던가를 상상할 수 있다.

헤세는 신학교의 꽉 짜인 틀이 싫고, 시를 쓰겠다는 열망이 강해지면서 신학교를 자퇴한다. 열네 살의 어린아이가 결정하기에는 적지 않은 고통이 따랐을 것이다. 아버지의 기대나 당시의 과정은 『수레바퀴 아래서』에 잘 묘사되기도 하는데, 쉰 살을 넘어선 헤세가 그때의 시간과 신학교를 소설(『나르치스와 골드문트』) 속의 시공간으로 다시 끄집어낸 것이다.

그 이유는 우선 그의 인생사에서 가장 강한 기억이 있기 때문일 것이다. 다음은 성과 속이라는 이분법적 구조를 끄집어내기에 가장 좋은 배경이기 때문일 것이다. 그리고 소설의 주인공인 나르치스와 골드문트는 이 두 가지 유형을 가장 전형적으로 만들어낸 주인공이다.

소설 속의 주인공 중 골드문트의 실제 모델이 바로 헤세 자신이다. 헤세는 실제로 신학교에서 나와 서점원, 수리공을 전전하다가 작가로서 명성을 얻기 시작한다. 50세인 1927년에는 휴고 발이 헤세의 자서전을 출간할 만큼 이미 명성을 얻기도 했다.

물론 헤세와 골드문트가 다른 점도 있다. 소설에서 사랑의 화신인 골드문트는 그림과 조각을 통해 자신을 드러내지만, 실제의 헤세는 소설과 시, 때로는 그림을 통해 자신을 드러냈을 뿐이다. 예술의 장르는 다르지만 그 과정은 비슷하다는 생각이 깔렸기 때문일 것이다.

이 소설은 헤세의 여성관과 여성 편력에 대해 가장 잘 들여다볼 수 있는 소설이기도 하다. 골드문트를 꾀어내어 하룻밤 사랑 후에 남편에게 돌아가버리는 리제, 기사의 딸 뤼디아와 율리에, 스승 니클라우스의 딸 리즈베트, 유태인 소녀 레베카, 하인리히 백작의 애첩 아그네스 등 수많은 여자가 등장한다. 물론 그의 영혼의 한 켠에 자리한 어머니 역시 여자다. 물론 이 밖에도 그가 여행하면서 만나는 수많은 여인은 이름조차 나열할 수 없을 정도다.

이런 여성들을 통해 헤세는 무엇을 보여주려고 하는 것일까. 헤세는 다양한 여성상을 보여준다. 육욕에 불타서 그를 유혹하는 여자, 질투심으로 그를 가운데 두고 줄타기 하는 여자, 위기에 처하자 자신을 버리는 여자 등 수많은 유형을 보여준다. 물론 이 소설에서 드러나는 여성의 인물형은 상당히 틀에 박힌 스테레오 타입이 대부분이다. 소설 속에서 보여준 이런 여성상으로 인해 헤세의 여성에 대한 관점이 비판받기도 하는데, 그는 인터뷰에서조차 굳이 그런 여성을 만들어내기보다는 전형적인 모습을 존중해달라고 답변하기도 한다.

물론 헤세의 삶과 골드문트의 삶에서 그 유사성이 어디까지인지는 알 수 없다. 다만 젊은 시절부터 학자적인 면과 남성적인 면을 갖추고 있었다는 점에서 두 인물은 충분히 닮았다 할 수 있다. 또한 혼자 떠났던 수많은 여행길에서 헤세가 금욕적인 삶을 살았을 가능성은 많지 않다.

이 소설의 후반에서 역사적으로 가장 중요한 사건은 페스트다. 중세에 유럽을 초토화시킨 것이 페스트인데, 이 때문에 이 소설의 시대적 배경과 시간적 흐름은 상당히 모호하다. 헤세가 소설을 쓸 당시라면 스페인 독감이 페스트와 비견될 것이다. 스페인 독감은 1918년 초여름 프랑스에 주둔하던 미군 병영에서 독감 환자가 나타나면서 시작됐다. 같은 해 8월에 첫 사망자가 나오고, 이때부터 급속하게 번지면서 치명적인 독감으로 발전했다. 이후 2년 동안 전 세계에서 2,500만~5,000만 명이 이 독감으로 죽었다. 시간적으로 스페인 독감의 유행과 소설 사이에는 10년 정도의 격차가 있지만 헤세가 독감을 통해 페스트의 분위기를 전해 받을 수 있었을 것이다.

한편, 이 소설을 출간하던 1930년 전후의 독일은 어떤 모습일까. 제1차 세계대전 후 독일의 물가는 폭등하고 혼란이 거듭된다. 이런 가운데 1923년 11월 8일 뮌헨의 맥주홀에서 열린 혁명 5주년 기념 집회에서 히틀러가 쿠테타를 일으킨다. 소위 '맥주홀 폭동'이라 불리는 이 사건을 통해 히틀러는 세계에 나치당의 탄생을 알린다. 이후 1926년부터 히틀러가 본격적인 활동을 시작하고, 3년 후인 1929년 10월 29일 '검은 화요일'로 불리는 경제대공황이 발생한다. 독일에서는 히틀러가 이끄는 나치당이 급속히 확산된다. 1933년 총리가 된 히틀러는 다음 해에 파울 폰 힌덴부르크 대통령이 사망하자 그 자리마저 차지하고, 1939년에는 제2차 세계대전을 일으킨다. 물론 전쟁과 더불어 헤세의 책은 독일에서 판매가 금지된다.

126

3. 『나르치스와 골드문트』 산책

『知와 사랑』은 어릴 적부터 많은 집의 책꽂이에 있던 책의 하나로 기억한다. 내 시골집에도 이 책은 있었다. 하지만 어렸을 때 도전하기에는 한계가 있었다. 내가 이 책을 읽은 것은 헤르만 헤세를 본격적으로 만나게 된 스무 살 무렵이었다.

헤세의 책 가운데 하나를 골라 읽어야 한다면 나는 주저 없이 이 책을 꼽는다. 『데미안』은 매력적인 면이 많지만, 언어나 구조에서 쉽게 읽기에는 어려운 책이다. 또 『유리알 유희』가 헤세 소설의 정점에 있긴 하지만 지나치게 관념적이고 철학적이며, 분량도 많아서 이 또한 읽기가 쉽지 않다.

반면에 『나르치스와 골드문트』는 문장도 어렵지 않고, 책의 구조도 명확해서 읽는 데 그다지 어려움이 없다. 또한 우정, 사랑, 예술에 대한 다양한 가치를 담고 있어서, 인생의 교과서로 읽기에도 부족함이 없다.

우선 『나르치스와 골드문트』의 두 주인공 남자들 간의 우정과 사랑을 살펴보자. 수도원에서 가장 주목받는 나르치스는 어린 골드문트가 들어오자 깊은 관심을 갖는다. 그러던 중 골드문트가 친구들과 마실을 갔다가 어린 소녀의 고백을 받은 후 마음앓이를 하면서 이를 계기로 나르치스와 친구 관계를 맺기 시작한다. 지적으로 뛰어난 나르치스와 외모에서 주목받는 골드문트, 두 사람은 수도원 내에 갖가지 소문의 진원지가 된다. 이때부터 나르치스는 골드문트라는 매력적인 인간이 자기 인생의 한 토막을 잃어버린 것에 대해 의문을 던지기 시작한다. 그리고 "너는 예술가고 나는 사상가야. 네가 어머니의 품에 잠들어 있다면 나는 황야에서 깨어 있는 셈이지"라고 말한다.

남자들 간의 우정이나 사랑에 대한 주제를 다루는 소설은 그리 많지 않다. 브라질 작가 주제 마우루 지 바스콘셀루스의 『나의 라임 오렌지나무』 속 주인공 제제와 포르투가의 관계가 나이 차를 넘은 우정의 한 모습이라고 할 수 있다. 우리나라 소설 손원평의 『아몬드』도 우정에 관한 소설 중 하나다. 감정을 느끼는 데 어려움을 겪는 '윤재'는 비극적인 사건으로 혼자가 된다. 가장 절망스러운 순간에 어두운 상처를 간직한 아이 '곤이'와 그와 반대로 맑은 감성을 지닌 아이 '도라'를 만나고 서로의 우정을 통해 삶의 가치를 찾아가는 소설이다.

그렇다면 소설이 아닌 실제의 삶은 어떨까. 매우 돈독하면서도 높은 차원의 우정을 나눈 이들을 생각해본다. 편지로 사상을 나눈 퇴계 이황(退溪 李滉, 1501~1570)과 고봉 기대승(奇大升, 1527-1572)이 있다. 당시 지성의 상징인 이황과 기대승은 26년이라는 나이 차이에도 불구하고 나이와 상관없이 편지를 통해 학문적 교류를 나눈다. 요즘으로 치면 서울대 총장에 해당하는 성균관 대사성인 58세의 이황과 이제 막 과거에 합격한 32세의 청년 기대승은 나이와 공간적 한계를 넘어 13년간이나 깊은 영혼의 교감을 나눈다. 이 교류를 통해 두 사람은 사단칠정(四端七情) 논쟁의 깊이를 높였다.

이보다 더 관심이 가는 우정도 있다. 바로 조선 중기 허균과 유인경, 그리고 이매창이 나눈 사랑과 우정이다. 소설 『홍길동전』의 저자로 알려진 허균(許筠, 1569~1618)은 조선의 대표적인 천재이자 풍류가다. 우리나라에서 골드문트에 해당하는 사람을 찾으라면 허균이라 꼽을 수 있을 정도다. 그들의 우정에는 유희경(劉希慶, 1545~1636)이 먼저 등장한다. 당시 문재(文才)로 이름을 날렸지만 천민이었던 유희경은 1591년 여행 중에 부안을 들러, 글로 유명한 기생 매창(梅窓, 1573~1610)을 만난다. 당시 유희경은 46세, 매창은 18세였다. 이미 문학적 재능에서 높은 수준에 있는 둘은 금방 사랑에 빠진다. 그러던 중 다음 해 임진왜란이 일어나고, 유희경은 의병으로 전쟁에 나아가 선조로부터 천한 신분을 면하게 되고, 교지까지 받는다. 하지만 자신의 신분을 극복하기 위해 노력하는 유희경에게 매창과의 루머는 적지 않은 걸림돌이어서 이후에는 예전과 같은 사랑을 나누기 어려웠다.

한편 당시 조선을 호령하던 유명한 낭만 가객 교산 허균도 부안에 들르는데, 허균과 매창이 처음 만난 것은 1601년이었다. 그해 7월, 허균은 조운(漕運)을 감독하는 직인 전운판관(轉運判官)이 되어 전라도로 내려왔다. 이때, 비가 많이 내려 부안에 머물게 되고, 이곳에서 허균은 매창을 처음 만났다. 허균은 매창의 외모에는 그다지 관심을 갖지 않았다. 하지만 그녀와 이야기를 나누면서 그녀의 문학적 소양과 깊이에 감동하였고, 이후 다양한 교류를 나누게 된다. 허균은 부안으로 내려와 우반동(愚磻洞)에 정사암을 수리하여 그곳에 머물렀다. 이때, 매창과 허균은 빈번하게 만나 함께 시를 짓기도 하고, 불교와 도교도 공부했다. 이 과정에서도 허균은 매창이 존경하는 선배 유희경과 이귀(李貴, 1557~1633)의 정인인 것을 고려해 육체적 관계를 피한 것으로 전해진다.

하지만 전란이 끝난 후에도 매창은 처음으로 정을 준 사내 유희경과의 사랑을 끝내 이루지 못한다. 매창은 그러한 애절한 마음을 시에 담았는데, 이는 조선 여류시를 대표하는 명작으로 남는다.

> 이화우(梨花雨) 흩뿌릴 제 울며 잡고 이별한 임
> 추풍낙엽(秋風落葉)에 저도 나를 생각하는가
> 천 리에 외로운 꿈만 오락가락 하노라

매창과 유희경은 문학적 교류와 더불어 육체적 관계가 있지만, 상대적으로 매창과 허균은 육체적 관계를 넘은 사상적, 문학적 교류가 있었다. 때문에 허균은 그녀가 죽은 후 이런 글을 남기기도 했다.

"계생(桂生)은 부안 기생인데, 시에 능하고 글도 이해하며 또 노래와 거문고도 잘했다. 그러나 천성이 고고하고 개결(介潔: 깨끗하고 굳음)하여 음탕한 것을 좋아하지 않았다. 나는 그 재주를 사랑하여 사귐이 막역하였으며 비록 담소하고 가까이 지냈지만 난(亂)의 경에는 미치지 않았기 때문에 오래가도 변하지 않았다. 지금 그 죽음을 듣고 한 차례 눈물을 뿌리고서 율시 2수를 지어 슬퍼한다."(허균, 『성소부부고』권2, 시부 2, 〈병한잡술(病閑雜述)〉 계랑(桂娘)의 죽음을 슬퍼하다)

조선의 천재요 풍류가요 낭만 가객이었지만, 개혁을 꿈꾼 정치가이기도 했던 허균은 당시 세상을 흔든 반역의 주역으로 몰려 처형을 당한다. 비극적인 삶이었지만 홍길동이라는 인물을 만든 인물다운 최후였다.

세상을 향한 용기

나르치스와 골드문트의 관계도 이런 깊은 사귐의 관계였다. 아울러 서로를 인정하고, 서로의 세상을 키워주는 조언자의 역할을 하기도 했다. 사실 나르치스가 없었다면 골드문트는 세상을 나갈 수 있는 판단을 내리기 힘들었을 것이다. 상대적으로 그는 너무 유약하고, 그가 수도사가 되어 하느님에게 봉사하길 원하는 아버지를 배신하기 어려웠기 때문이다. 거기에는 이교도 집안으로 방랑의 피가 흐르는 무희였던 어머니가 집을 버리고 나갔다는 사실, 그런 어머니의 원죄를 골드문트는 자기의 죄로 공유했기 때문이다. 나르치스는 이 원죄가 골드문트 자신의 문제가 아니라는 것을 일깨우고, 골드문트가 다른 삶을 선택하는 데 도움을 준다. 그런 준비가 되었을 때, 골드문트는 약초를 구하러 갔다가 여인 리제의 유혹을 받고, 마침내 수도원을 벗어나 세상으로 나오게 된다.

우리가 인생에서 선택하는 종교나 결혼, 이성은 어떤 계기로 결정될까. 모든 것은 어떤 결심이 필요하다. 개인의 일탈은 대부분 가족이나 사회에서 분위기를 파악하다가, 용기(?)를 내면서 시작된다. 물론 이 용기가 사회에 해악을 끼치는 일도 많다. 하지만 그런 용기들이 예술적 영감으로도 이어지고, 사회를 변화시키는 창의적인 힘을 제공하기도 한다.

인류의 발전을 돌이켜보면 누군가의 무모한 도전과 일탈이 만들어낸 결과인 경우가 많다. 하지만 제도권의 시각에서는 이러한 일탈을 비난하는 게 보편적이다. 실제로 지배 세력 혹은 주도권을 쥔 입장에서는 사람들이 제도권의 룰을 따르는 것이 기존의 사회를 유지하는 데 유리하고, 사람들 입장에서는 또한 기존의 규범이나 제도를 따르는 것이 훨씬 편리하고 안전하다. 봉건 시대에는 봉건 영주가 짠 틀로, 중세에는 교회가 짠 틀로, 근대에는 산업 사회가 짠 틀로, 지금은 자본주의 세력의 리더들이 짠 틀로 움직이는 게 보편적이다. 물론 지금 이 세계의 틀을 짜는 세력은 '슈퍼리치'로 불리는 극소수 자본 그룹이다. 이들은 로스차일드 같은 금융 세계의 지배자들도 있고, 플랫폼 기업(흔히 GAFA로 불리는 구글, 애플, 페이스북, 아마존)도 있다. 과연 이들이 짜는 판에서 벗어날 수 있는 사람은 얼마나 될까. 이들의 세상에서 사람들은 적당히 선을 넘지 않기를 원한다. 이 모습은 영화 짐 캐리가 주연한 영화 <트루먼 쇼>(1998)의 연출자와 같다.

반면에 골드문트는 스스로 그 문을 열고 나갔다. 때문에 나중에 수도원으로 돌아와 제단 작업을 할 수 있었다. 그런 점에서 그가 수도원으로 돌아와 "이젠 독수리처럼 자유롭게 날아다닐 수도 없고, 들판의 토끼처럼 마음대로 뛰어다닐 수도 없게 되었다. 이젠 집에서 기르는 가축과 같은 신세가 된 것이다"(450페이지)라고 한 말은 역설적으로 뛰어다닐 수 없으면 가축과 같은 신세라는 말이기도 하다.

내가 2년 전에 출판한 책 『노마드 라이프』는 수준은 낮지만 이런 뛰쳐나가는 삶을 이야기하고 있다. 한 곳에 머물면 안전하고 안정적일지 몰라도, 자신을 조정하는 이들에 의해 가축이 될 수 있으니, 우리는 언제나 뛰쳐나가는 삶을 살아야 한다는 의도로 쓴 책이다.

나는 이 책을 쓴 후에 다시 한 기업의 임원으로 일을 하다가 다시 또 프리랜서가 됐다. 임(시직)원으로 불릴 만큼 불안한 것이 임원이지만, 그래도 어느 수준의 연봉과 법인 카드 등의 혜택이 있으니 직장인들이 꿈꾸는 자리이기도 하다. 그런데 임원의 세계라고 해서 정당한 룰만 있는 것은 아니다. 공무원 사회 못지않은 유리천장이 있고, 파벌이 있다. 오너라고 해도 이런 구조를 완전히 무시할 수 없다. 따라서 그 속에서 살아남기 위해서는 수많은 정치를 해야 한다. 또 그에 못지않은 실적도 내야 한다. 하지만 임원으로 들어가 짧은 시간 안에 성과를 내는 데는 역시 한계가 있다. 자신이 필요한 인력을 찾아서 배치하고, 목표를 세워야 하기 때문이다. 두 가지 모두 쉬운 일은 아니다. 나의 경우 목표를 세우기가 쉽지 않았다.

물론 그 과정을 통해서 기업의 인사, 기획, 보고, 소통의 방식 등 배운 것이 훨씬 더 많다. 공직 사회를 모르면 공무원을 상대하기 힘들 듯이 기업의 문화를 모르면 기업을 상대하기 힘들다. 1년 반 정도의 짧은 시간이지만 그런 것을 배우기에 충분한 시간이었다. 돈(월급)을 받으면서 배울 수 있었으니 나로서는 무척이나 감사한 일이다.

현재 비즈니스 세계의 변화 물결을 보면 앞으로 프리랜서의 시대가 된다는 것을 부인하기는 힘들다. 기사나 직원 없이 세계 최대의 회사를 일군 우버나 호텔 객실 없이 세계 최고의 숙박네트워크를 갖춘 에어비앤비는 그런 기업을 대표한다. 한국에서도 기존 기업의 틀을 가진 느낌은 있지만 '쏘카'나 '타다' 같은 기업들이 그런 기업의 선두주자다.

세계를 흔든 '코로나 19'를 겪으면서 이런 흐름은 더 빨라질 것이다. 사스를 겪은 중국이 온라인 쇼핑몰 '알리바바'를 키웠듯이 이번 사태를 겪으면서 '쿠팡'이나 '옥션' 같은 온라인 쇼핑몰이 커갈 수밖에 없다. 특히 1인 소비에 맞춘 HMR(가정식 대체식품)은 더 커갈 수밖에 없다. 이런 회사에 필요한 인력은 사무실 근로자가 아니라 좋은 상품을 기획하고, 원재료와 조리, 음식 스토리텔링을 가진 프리랜서가 될 가능성은 매우 높다. 안타깝게 필자는 다시 공직자의 세계로 들어왔다.

골드문트가 길을 나서지 않았으면 그는 수도원에서 자신의 욕망을 절제하고, 아버지에 대한 원죄 의식을 갖는 희생양으로 살아야 했을 것이다. 하지만 그는 나르치스의 조언으로 용기을 내어 밖으로 나섰다. 고된 여정이었지만 마침내 어머니의 손길을 느끼면서 죽어갈 수 있었다. 이런 주제 의식은 『데미안』에서 말하는 '알을 깨는 고통'과 다르지 않다.

성과 속에 대한 성찰

나르치스는 골드문트에게 마리아 수도원의 성스러운 제단을 만들어달라고 부탁한다. 그런데 그 제단을 만드는 골드문트 손은 정작 두 번의 살인과 수많은 음탕한 짓을 저질렀다. 속세에서 저지를 수 있는 가장 추악한 짓을 벌인 인간에게 그런 성스러운 일을 맡긴 이유는 무엇일까.

그것은 어쩌면 성직자의 세계에서는 인간 세상의 가장 진실한 면을 결코 만날 수 없기 때문일지도 모른다.

"어두운 욕망에 깊숙이 말려들어 방황하면서도 그의 영혼의 성스러운 곳에서는 성스러운 빛과 창조력이 결코 소진되지 않았던 것이다. 나르치스는 친구의 혼란한 삶을 깊이 들여다보았다. … 나르치스는 골드문트의 더럽혀진 손에서 이 놀랍도록 평온하고도 생기 넘치는 형상이, 보이지 않는 형식과 질서에 의해 변용된 이 형상이 만들어지는 것을 지켜보았다."(457페이지)

헤세는 골드문트가 '보이지 않는 형식과 질서에 의해 바뀐 형상'을 만들어냈다고 본 것이다. 그리고 마리아의 형상은 막연히 지식으로 아는 여인이 아닌 골드문트가 만났던 가장 성스러운 여성에서 비롯됐다. 물론 그 여성이 마리아의 형상이 되는 것은 놀라운 일이 아니다. 세계적인 거장의 작품에 나오는 가장 중요한 사람의 형상에는 대개 그가 아는 이들의 얼굴이 녹여 있다.

골드문트는 이런 과정을 통해 이 소설의 가장 중요한 끝점 가운데 하나인 '예술에 대한 동경'을 완성한다. 골드문트에게 예술은 자신의 가장 내밀한 체험이 몸에 맞추어진 세계인 동시에 현실 경험에서 도달할 수 없는 이상의 세계다. 그리고 우정과 사랑의 체험은 완성된 예술 작품을 통해 보다 높은 의미로 되살아난다는 것을 보여준다. '진정한 상상의 체험' 속에서 현실과 이상, 순간과 영원, 삶과 죽음의 경계는 사라지는 것이다.

헤세는 『나르치스와 골드문트』를 출간한 다음 해인 1931년에 18살 연하인 니논 돌빈과 세 번째 결혼을 한다. 그녀는 미술사학자였다. 하지만 세 번의 결혼에도 불구하고 헤세가 결혼 생활을 통해 안정을 찾은 적은 없다. 전기 작가 베르벨 레츠는 『헤르만 헤세의 사랑』에서 그런 실상을 정리해준다. 이 책에 따르면 두 번째 부인 루트 벵거는 법정에 이혼 소송을 제기하면서 헤세를 "변태적 인간, 노이로제에 걸린 불면증 환자, 정신병자"라고 표현할 정도였다. 세 번째 부인 니논 돌빈도 두통과 안질 때문에 헤세가 가까이 오는 걸 달가워하지 않았고, 루트 벵거가 자신을 위해 수놓은 베개에 관한 이야기를 해 상처를 주기도 했다.

그러고 보면 헤세의 실제적인 삶도 골드문트와 별반 다르지 않다. 헤세는 소설을 통해 자기의 삶을 고백하면서, 세상에 자신을 변호하려 했던 것은 아닐까. 결국 헤세는 자신의 속된 삶이 성스러운 삶으로 연결되지 못하면 안 될 것 같은 강박을 가졌던 것으로 보인다. 또 성(聖)과 속(俗)이 멀지 않고, 다르지 않다는 전작 소설들의 주제 의식을 여전히 의식한 것으로도 보인다. 이는 또한 『유리알 유희』로 이어진다.

1. 『유리알 유희』 스토리

소설『유리알 유희』는 헤르만 헤세가 생각하는 고도의 예술적, 문학적 상상력을 쏟아 부은 작품이다. 54세 되던 1931년 헤세는 니논 돌빈과 재혼하고, 스위스 몬타놀라에서 거주를 시작한다. 그리고 다음 해부터 이 소설의 집필을 시작해 66세인 1943년이 되어서야 끝낸다. 이 기간 동안 세계는 제2차 세계대전의 포화 속에 있었고, 헤세는 세 번째 결혼 생활임에도 불구하고 가정에 자신을 온전히 정착하지 못했다. 반전주의자인 헤세로서는 모든 것이 혼돈스러웠을 것이다.

이런 시기에 그는 꾸역꾸역 이 소설을 썼다. 소설을 쓴 목적은 알베르투스 2세라는 인물의 헌정사 속에 나온다. "있음을 증명할 수 없고, 있을 것 같지도 않은 어떤 것을 경건하고 양심적인 사람들이 어느 정도 실재하는 것처럼 다룸으로써 그것이 실제로 존재하고 생겨날 수 있는 가능성을 보여주어야 할 필요성이 있어서"라는 것이다.

그 존재가 바로 이 소설의 소재이자 주제인 '유리알 유희'다. 그리고 유리알 유희를 완성한 인물은 요제푸스 3세가 된 '요제프 크네히트'다. 이 소설은 먼저 유리알 유희가 무엇인지를 독자들에게 설명한다. "유희의 기호와 문법은 고도로 발달한 일종의 신비로운 언어를 구사한다. 거기에는 여러 학문과 예술, 특히 수학과 음악(내지는 음악학)이 관련되어 있으며, 거의 모든 학문의 내용과 성과를 표현하고 서로 연관 지을 수 있다. 다시 말해 유리알 유희는 우리 문화의 내용과 가치 전체를 가지고 하는 유희이다."

이렇게 말해도 사람들은 이 개념이 들어오지 않을 것이다. '문화의 내용과 가치 전체'를 가지고 하는 것이 무엇일까. 하지만 종교나 사상은 모두 이런 목적을 갖고 행해진 것이 많다. 공자가 말한 도(道)나 부처님의 자비, 예수님의 사랑도 이런 결정체 같은 것이다. 하지만 이것을 유희(놀이)로 만들어내는 일은 상상하기 쉽지 않기 때문이다. 결국 이 소설의 배경이 되는 유리알 유희는 지금까지 구현되지 않은 가장 어려운 예술의 결정체를 만들어내는 것이라고 할 수 있다. 서양이라는 배경 속에서 살았지만 동양을 좋아했던 헤세로는 충분히 도전해보고 싶은 일이었을 것이다. 그리고 이 소설을 통해 어느 정도 접근해낸다.

유리알 유희의 전문가들은 그것을 드러내는 방법은 파이프 오르간을 연주하는 것에 비유할 수 있다고 한다. "이 파이프 오르간은 상상할 수 없을 정도로 완전한 것이어서 건반과 페달은 정신의 전 우주를 더듬고 음전(音栓, 음관으로 들어가는 바람의 입구를 여닫는 장치)은 거의 헤아릴 수가 없으며, 이론적으로 보자면 이 악기의 연주를 통해 정신세계의 모든 내용이 재현될 수 있다"(18페이지)고 한다. 그리고 이런 완벽한 일들에 근접한 것으로 "피타고라스, 헬레니즘 시대의 그노시스파, 고대 중국인, 스콜라 학파와 낭만주의 철학, 그리고 노발리스의 마술적 꿈인 루네 문자(Runic alphabet), 라이프니츠, 헤겔" 등을 예로 든다.

서문에 따르면 유희의 근원은 중세 말부터 이뤄진 온갖 권력의 간섭으로부터 사상과 신앙을 해방시키는 것에서 시작됐다. 그 형태 중의 하나가 잡문(雜文)이다. 유명 인사의 생활(예, 니체와 1870년대 여성 패션)이나 편지 왕래에서 나온 일화, 부유한 사람들의 현실적 화제를 역사화해 고찰하는 글 등이 그것이다. 또 시인, 학자, 연구가, 세계여행가 등의 강연도 유행했다.

그런데 이 잡문의 세계에서는 모종의 자살자의 쾌감을 느끼면서 '정신의 완전한 타락'이라든가 '개념들의 인플레이션'을 확언하며, 세계가 몰락하는 것에 대해 냉소적인 태도를 취했다. 결과적으로 선량한 사람에게는 어두운 비관론이, 사악한 사람에게는 심술궂은 비관론이 성행했다.

이런 가운데 두 그룹의 저항 세력도 나타났다. 하나는 모범적으로 깨끗하고 양심적인 연구 방법으로 음악사를 탐구하는 그룹이었다. 이 그룹에서는 바흐의 원고 열한 편이 나오기도 했다. 다른 하나는 동방 순례자 결사였다. 이들은 지적인 훈련보다는 영혼의 수행을 쌓았고, 경건한 마음과 외경심을 키우는 데 힘썼다. '유리알 유희' 형식은 명상적인 측면에서 아주 많은 자극을 주었다. 동방 수행자 사이에는 1600년이나 1650년의 음악을 완전히 순수하게 연주하고, 노래하는 이들이 있었다. 그러던 중 이 그룹에 있는 질버만으로 불리는 이가 이것을 연주할 파이프 오르간 한 대를 만들어 설치했는데, 너무나 완벽해 무덤 속의 바흐조차 주문하고 싶을 정도였다.

이러한 음악사와 음악 미학이 근원적인 역할을 했고, 여기에 수학의 비약적인 발전도 도움을 주었다. 그리고 이런 흐름은 유리알 유희로 나가는 길이 됐다. 이 과정에서 가장 주의 깊게 볼 것은 음악의 변화다. 15, 16세기의 음악이 오랫동안 순수성을 지킬 수 있었는지, 18세기에는 불꽃놀이처럼 찬란하게 발전했는지를 봐야한다. 거기에 중국의 음악관도 한 축을 차지한다. 이 음악관은 공자의 관점과도 유사하다. 성군의 시대는 온전한 음악이 나오는데 이것은 평형(平)에서 나오고, 평형은 바름(公)에서 나오고, 바름은 뜻(道)에서 나온다. 이 말은 곧 음악이 세상을 이해하는 얼마나 중요한 척도인지를 말해준다.

이제 유리알 유희의 탄생 배경을 알아야 한다. 이 개념은 독일과 영국에서 음악 학자와 음악가들의 작은 모임에서 연주 연습의 형태로 나타났다. '유희'는 처음에는 학생들과 연주가들 사이에서 행해진 일종의 재치 있는 기억 및 조합 연습에 지나지 않았다. 그러다가 쾰른의 음악대학에서 '발명'되어 이름을 얻게 됐다. '유리알'은 음악 이론가인 칼브 태생 바스티안 페로트가 발명해 문자나 숫자, 음표 등 대신에 사용했던 것이다. 모양은 구슬들을 꿰어 늘어놓은 수십 개의 철삿줄이 쳐진 틀을 하나 짜고, 그 줄에 크기와 모양과 색깔이 각기 다른 유리알들을 나란히 꿰어 늘어놓은 모습이다. 철삿줄은 악보의 오선(五線)이고, 유리알은 음표에 해당하는 셈이다.

이삼십 년 후 유리알 유희는 음악가들에게 인기를 잃었지만 오히려 수학자들에게는 관심거리가 됐다.

"이 유희는 높은 승화력(쉬운 말로)과 융통성에 다다르게 되었고, 이미 어떤 자기의식과 능력의 자각 같은 것을 획득했으며, 그 당시 문화 의식의 일반적인 발전과 평형을 이루어 나란히 나아가고 있었다."(40페이지)

이후에는 거의 모든 학문에서 유희가 받아들여져 모방하기 시작했고, "음악 작품의 가치를 분석적으로 고찰하는 일은 음악적 과정을 물리학적이고 수학적인 공식으로 표현하는 결과"를 가져왔다. 이제 교양의 찌꺼기들을 권위 없이 차려놓은 대학을 기웃거리는 것이 아니라, 수학을 통해, 그리고 아리스토텔레스적(인간이 이성을 잘 활용해 공부하는 방식)이고 스콜라적인 수련(학문적 논쟁으로 발전시키는 방식)을 통해 사유 능력을 순화하고 강화해야 했다.

하지만 유리알 유희가 학문 간의 경계를 넘는 것은 쉽지 않았다. 그 방법이야 일찌감치 발견되었지만 다시 장난질이나 잡문의 죄악으로 떨어지지 않을까 하는 것 때문에 경계를 넘기까지 반세기가 걸렸다.

이렇게 유리알 유희가 자신의 가능성을 자각하여 보편적 교양 능력의 문턱에 다다르게 된 데에는 한 개인의 업적이 있었다. 음악학자이며 열렬한 수학 애호가인 스위스인 '루조르 바질리엔시스'다. 그는 유리알 유희를 위한 새로운 언어, 요컨대 하나의 상형어 내지는 공식어의 원칙들을 발명했다. 거기에는 수학과 음악이 동일하게 참여했으며, 그 언어를 통해 천문학의 공식을 음악의 공식에 연결하는 일이 가능해졌으며, 수학과 음악이 공통분모를 갖게 하는 일도 가능해졌다. 이렇게 유희의 소통 수단이 생기자 세계적으로 유행이 시작됐고, 각각의 문화로 정착됐다.

이후 유리알 유희는 나라마다 '마기스터 루디', 즉 유리알 유희 명인을 수반으로 한 소수의 뛰어난 명인들의 지휘를 받으며 행해지는 일련의 행사가 되었다. 이 유희는 푸가나 협주곡 같은 음악, 천문학상의 별자리, 라이프니츠의 수학이나 우파니샤드의 철학이 조화될 수 있는 것이다. 즉 철학과 사상, 신학, 예술 등 모든 장르를 넘나들며 즐기는 일종의 문화 올림픽이었다.

서문에 이어 이 유리알 유희의 명인으로 가장 큰 족적을 남긴 '유희 명인 요제프 크네히트의 전기'가 이어진다.

열두 살이나 열세 살이었을 크네히트는 차버 숲 근처에 있는 조그만 도시 베롤핑엔의 라틴어 학교 학생이었다. 이곳의 음악 교사는 크네히트에게 특별한 재능이 있다는 것을 알고, 그의 영재 학교 입학을 위해 고위 관청에 두어 차례나 추천을 한다. 그리고 머지않아 음악 명인이 이 학교를 찾으리라는 소식이 전해진다. 교육청 열두 명의 고관 중 하나인 그의 방문은 경이로운 일이다. 마침내 음악 명인이 찾아오고, 크네히트는 그의 지시에 따라 바이올린을 연주한다. 연주를 마친 크네히트는 "자기 자신과 자신의 삶이, 그리고 온 세상이 몇 분 동안에 음악의 정신에 이끌려 질서가 잡히고 해명되는 것"을 보았다. 음악 명인도 두 사람 사이의 짧지만 음악적 소통이 이루어진 것에 만족한다.

크네히트는 영재 학교에 우수한 성적으로 입학됐다는 통지를 받는다. 이제 다른 세계이자, 다른 신분으로 가는 길이 시작된 것이다. 그 길은 대학을 거치는 일반 과정과 다르다. 수학, 언어학, 예술 전반을 배우는 영재 과정이다. 물론 자신의 특별한 장점을 찾아서 집중해도 된다. 스물두 살부터 스물다섯까지 이 과정을 마치면 교육계 및 수도원의 리더가 되고, 이곳을 떠나 대학의 전문 교사가 돼도 수도원의 회원으로 남는다. 단 회원은 재산 소유 금지와 독신 생활이라는 두 가지를 철저히 지켜야 한다. 이밖에도 연구자로 남아 다양한 정신세계에 집중하는 이들도 일부 있다.

크네히트는 카스탈리엔 가운데 가장 큰 에쉬홀츠 학교에 배정되었다. 기대와 긴장 속에 학교에 도착하자 그가 있을 헬라스관의 리더 오스카르가 그를 먼저 맞이했다. 크네히트는 음악과 라틴어에서 최고점을 받았고, 수학과 그리스어에서도 상위권이었다. 한 번의 벌을 받았는데, 그것도 친구를 대신해서 받은 것으로 그만큼 품성도 좋았던 것으로 알려졌다. 또 그를 선발해준 음악 명인도 두세 달에 한 번씩 찾아와 크네히트의 영혼을 확장해줬다.

크네히트는 에쉬홀츠를 졸업하고 상급 학교로 진학해 자유 연구를 할 수 있게 된다. 음악 명인의 요청을 받은 크네히트는 이틀간의 도보 여행으로 몬테포르트에 있는 그의 집을 찾는다. 음악 명인은 크네히트에게 명상 수련을 권하면서 그 방법을 가르쳐주려고 부른 것이라 말해준다. 명인은 피아노 연주를 통해 음악 속에서 명상에 드는 방법을 가르치고, 크네히트도 자연스럽게 그 세계에 접어들게 된다.

음악 명인과의 시간을 통해 크네히트는 염두에 두고 있던 '발트첼'(숲 속의 방)을 다음 학교로 결정한다. "숲 속의 방은 유리알 유희자라는 기교가 풍부한 사람들을 낳는다"는 속담이 있는데, 결국 크네히트도 유리알 유희의 세계로 나가게 된다. 짧은 시간이지만 크네히트는 스승을 통해 명상은 물론 지휘자 강의, 명인의 삶까지 많은 것을 느끼고 돌아왔고, 예정대로 발트첼로 진학했다.

발트첼은 한 분야를 집중하는 다른 학교들과 달리 '학문과 예술의 연계와 보편성으로 나아가려는 경향'을 전통적으로 지켜온 학교다. 이곳에도 유리알 유희를 공식적으로 가르치지 않지만 주변은 관련 시설, 유리알 유희 공연관, 기록소, 거처들이 있는 유리알 유희의 중심 도시였다.

이곳에서 크네히트는 평생의 친구가 될 두 사람을 만난다. 음악 명인으로 성장하는 카를로 페로몬테과 논리가 뛰어난 청강생 플리니오 데시뇨리다. 청강생은 수도원과 인연이 있는 명문 가문의 아이들이 자유로운 신분으로 들어와 공부하는 과정인데, 데시뇨리는 토론과 연설에 장점이 있는 선배였다. 그런데 데시뇨리는 "카스탈리엔 사람들은 인공적으로 사육되는 노래하는 새의 삶을 살고 있으며, 스스로 먹을 빵을 벌지도 않고, 삶의 고난과 투쟁을 알지도 못하며, 그 노동과 가난이 우리의 사치스런 존재의 밑거름이 되고 있는 인류의 일부에 대해선 아무것도 모르고 알려고도 하지 않는다"라고 말할 만큼 카스탈리엔에 부정적 관점을 갖고 있다.

반면, 음악 명인과 교장의 지시로 카스탈리엔의 중심 역할을 맡게 된 크네히트는 "이 작은 카스탈리엔의 세계는 저 커다란 세계에 봉사하고, 그곳에 교사와 책과 방법을 공급하고 있었으며, 정신이 제 기능을 다하고 도덕이 순수하게 유지되도록 주의를 기울이고, 또 인생을 정신과 진리에 바치는 것을 사명으로 여기는 듯한 소수의 사람들을 위해 학교로서 피난처로서 문을 열고 있다"는 논리로 카스탈리엔을 변호한다.

하지만 논쟁을 싫어하는 크네히트에게 이 일은 곤혹이기도 하다. 그가 지쳐갈 때, 음악 명인이 크네히트를 찾아온다. 명인은 자신도 젊은 시절 같은 문제로 겪었다며, 그때 만난 요가 수행자 이야기를 들려준다. 그때 요가 수행자에게 명상을 배웠고 자신을 들여다볼 수 있게 되었다는 것이다. 크네히트는 스승의 이야기를 통해 자신의 위치를 돌아볼 수 있었다. 이후 크네히트와 데시뇨리는 논쟁을 하면서 차츰 발전해가고, 서로의 깊이에 영향을 받는다. 아울러 그 논쟁은 수도원 내부의 격을 높이는 데도 도움을 주었다. 크네히트가 음악적으로 성장하고 논리적으로 성장하는 데는 페로몬테와 데시뇨리라는 두 친구의 힘이 컸다.

148

크네히트는 카스텔리엔을 졸업하고 스물넷이 되었다. 학창 시절이 끝나고, 자신이 원하는 대로 자유롭게 연구할 수 있는 시기가 된 것이다. 크네히트는 유리알 유희에 대한 흥미를 찾아가는 한편 언어, 음악, 철학 등 전반을 더 성숙시켰다. 특히 중국어와 중국에 관심이 있었던 크네히트는 죽림까지 가서 '역경(易經)' 전문가를 만나고, 그에게서 동양의 유희라 할 수 있는 역경을 배우기도 한다. 훗날 역경의 코드를 유리알 유희로 만드는 작업에까지 이르지만, 그때의 스승인 노형(老兄)은 "그것은 세상을 작은 정원 안에 담는 것만큼이나 불가능한 일"이라고 조언한다.

어떻든 이 시기부터 크네히트는 '각성'이 시작됐다고 한다. 그것은 카스탈리엔이나 인간 세상의 질서 속에서 자기가 차지하는 위치를 깨닫는 것이다. 아울러 이 시기부터 크네히트는 발트첼에 참여하는 것에 대한 부담도 내려놓는다. 그러면서 그는 명인들과 그들의 연구소인 비쿠스 루조룸에서도 주목과 인정을 받는 인물이 되어간다.

그 무렵 한때 경쟁자이기도 했던 데시뇨리가 청강생으로 발트첼에 찾았을 때, 크네히트는 그를 통해 세상의 소식을 접하기도 한다. 하지만 이미 10년간 서로 다른 길을 걸어온 만큼 세계를 보는 눈에도 차이가 있어 실망할 수밖에 없다. 더욱이 데시뇨리는 "세상을 휩쓰는 전쟁의 기운이 카스탈리엔에도 영향을 줄 것"이라는 불안한 예고를 한다.

그 시기, 유리알 유희 명인인 트라베는 크네히트에게 하루에 30분씩 다양하게 올라오는 유희 관련 제안서를 검토하는 것을 도와달라고 요청한다. 일을 진행하면서 크네히트는 그것이 일종의 시험 같다는 것을 느끼는데, 일을 마치자 카스탈리엔의 리더 그룹인 수도회 입회 지시가 내려진다. 그리고 가장 오래된 교육기관 중 하나인 베네딕투스 소속 마리아펠스 수도원으로 파견된다. 파견 목적은 신부들에게 유리알 유희를 가르치는 것이었다. 하지만 막상 수업에 들어간 크네히트는 이들이 피상적 수준에서 유희를 이해하고 있음을 알게 되고, 파견의 목적이 오히려 다른 데 있다는 것을 막연히 느낀다.

크네히트가 역경을 배웠다는 것을 알고 있는 수도원 원장은 오히려 크네히트에게 역경 강의를 부탁한다. 그런 가운데 크네히트는 자신을 숭앙하는 성직 지망생 안톤을 만나고, 수도원에서 가장 뛰어난 역사가인 야코부스 신부도 만난다. 야코부스 신부는 카스탈리엔에 대해 부정적 선입견을 갖고 있지만, 크네히트가 슈바벤 출신의 신교도 벵겔을 알고 있다는 것에 놀라고 두 사람은 이를 계기로 더욱 밀접한 사이가 된다.

두 사람은 자기가 속한 곳을 변호하면서 다양한 논쟁을 이어간다. 야코부스 신부는 수도원이 온갖 타락과 순응과 압제에도 제 얼굴과 목소리와 동작과 개별적인 영혼을 지켜왔다는 역사적 사실에 자부심을 느끼고 있었는데, 크네히트와 함께 지낸 2년 동안 수도원뿐만 아니라 카스탈리엔에 부정적이었던 신부의 마음도 한결 너그럽고 부드럽게 변한 것이다.

2년 후 잠시 휴가를 얻어 카스탈리안에 온 크네히트는 자신의 주된 임무가 야코부스 신부로 하여금 자신들에게 호감을 갖게 함으로써 로마에 카스탈리엔의 새로운 기반을 세울 수 있도록 하는 것이었음을 알게 된다. 크네히트는 양심의 가책을 느끼지만 야코부스 신부가 오히려 그가 처한 상황을 이해해줌으로써 마음의 짐을 던다. 결과적으로 일이 잘 풀리고, 발트첼로 복귀하라는 소식이 온다. 크네히트는 남은 시간을 즐기고, 유희 축제에 맞추어 돌아온다. 하지만 토마스 유희 명인이 병으로 위독해 축제는 위축되고, 토마스 명인도 결국 사망한다.

삶이 고달프면 헤세를 만나라

유희 명인을 대리했던 베르트람이 책임감을 견디지 못해 발트첼을 떠나고, 새로운 유리알 유희 명인으로 크네히트가 선출된다. 젊은 명인에 대해 처음에는 반발이 없지 않았지만, 크네히트는 자신의 업무를 묵묵히 수행하고, 동료와 학생들을 결국 자신의 지지자로 돌려놓았다. 명인의 임무에 익숙해진 크네히트는 자신이 주관하는 첫 유희 축제의 주제를 '중국 건축의 유희'로 결정하고 자원들을 모아간다.

그런 가운데 크네히트는 음악 명인을 찾아뵈었으면 좋겠다는 학생의 요청에 오랜 만에 휴가를 받아 스승이 있는 몬테포르트를 방문한다. 여위었지만 더 명징해진 성인의 모습으로 변해가는 스승의 만년을 보면서 크네히트는 위로를 받고 돌아온다.

가장 중요한 유희 축제로 기록된 '중국 건축의 유희'는 발트첼은 물론이고 전 세계에 유희를 알리는 계기가 되었고, 외경에 가까운 전율로 기억될 만큼 소중한 자리였다. 하지만 크네히트는 시간이 지날수록 카스탈리엔과 외부의 관계가 멀어지고 있고, 멀어질 수밖에 없다는 것을 느끼고 있었다.

얼마 후 존경하는 스승인 음악 명인이 숨을 거둔다. 크네히트에게 스승의 순수하고 사심 없는 생명의 노을이 꺼져가는 것을 지켜보는 것은 의미 있는 일이었다. 크네히트가 지도자로서 한 일들은 적지 않았다. 가령 신처럼 따르던 음악 명인의 죽음을 자신의 죽음인 양 무너져가는 페트루스를 다시 정상적인 삶의 궤도(軌度)로 오게 만든 일, 천재적인 자질에도 불구하고 통제 불능인 유희 천재 테굴라리우스가 돌발 행동을 하지 않고 발트첼에서 제 역할을 하게 한 일도 크네히트의 깊은 배려로 가능한 일이었다.

젊은 나이에 최고의 자리에 오른 크네히트는 늘 바깥 세상에 대한 갈구가 있었다. 결국 크네히트는 만년이 되어서 카스탈리엔과 교육주가 아닌 곳을 찾아 나선다. 그곳으로 가는 길에 옛날 토론 경쟁자였던 데시뇨리를 만난다. 대의원이자 정치 저술가로서 유명인이 된 그가 2년마다 실시되는 카스탈리엔 재정 감사의 정부위원으로 참석한 것이다.

크네히트는 데시뇨리를 명인의 집으로 초대해 대화를 나누는데, 수십 년 전 데시뇨리가 카스탈리엔을 방문했을 때, 크네히트가 소원하게 대한 것이 큰 상처로 남아 있다는 것을 알게 된다. 데시뇨리에게는 그 때문에 카스탈리엔에 대한 증오가 생겼다 할 만큼 아픈 기억이었다. 그리고 그런 증오는 여전하여 "카스탈리엔이 세상에서 벗어난 채, 하는 일 없이 먹고 노는 곳"이라는 주장을 펼친다. 크네히트는 그런 데시뇨리에게 "카스탈리엔과 대립각을 세우는 게 온전히 과거의 기억 때문만이 아니라 자신에 내재된 다른 요소가 있을 것"이라고 말한다. 그리고 논리적으로 공격하는 데시뇨리에게 '명랑성'에 대해 설명해준다. 그것은 사람들이 가질 수 있는 밝음과 쾌활함의 궁극적 모습이다. 타락한 모든 것을 넘어서 밝게 빛나는 그것을 위해 카스탈리엔은 학문, 아름다움의 숭배, 명상이라는 방법을 선택했고, 그것은 용감한 노력의 끝에야 얻어지는 것이라고 말한다. 두 사람은 서서히 앙금이 풀리고, 마침내 생기 있는 의견이 오가기 시작한다.

카스탈리엔에서의 아픈 기억을 품은 채 돌아온 데시뇨리는 좌파 국회의원인 베라구트의 청년 그룹에 참여했는데, 이는 배신행위라며 가족들에게 많은 비난을 받기도 했다. 하지만 그는 베라구트에게 인정받고, 그의 사위가 되면서 자리를 잡기 시작했다. 하지만 시간이 지날수록 자신의 위치에 대해 회의가 들기 시작했고, 아들 티토마저 아내 쪽에 가까워지면서 어려움을 겪고 있었는데, 다행히 발트첼의 도움을 받아 밝은 면을 찾아갔다.

명인이 된 후 8년째 되던 해 크네히트는 수도에 있는 데시뇨리의 집을 찾는다. 그 집은 이미 버릇없는 아들 티토가 중심이 된 듯한 분위기였다. 그 집안의 신뢰를 얻은 크네히트는 티토와 함께 도시를 산책한다. 소년은 당돌하게 아버지의 논리와 행동에 대적하지만 크네히트는 그 논리와 행동들의 가치를 설명하는 한편, 음악을 통해 소년의 마음속에 있는 것들을 끄집어내준다.

크네히트는 카스탈리엔의 무거운 소임을 벗기 위한 밑 작업을 서두른다. 자신이 떠나더라도 모든 일들이 잘 유지될 수 있게 해야 한다. 하지만 이곳에서 자기를 놓아주지 않을 것 같다. 크네히트는 테굴라리우스와 협력해 '교육청에 보내는 유희 명인의 글'을 작성한다. 그는 이 글을 통해 카스탈리엔에 다가올 수 있는 미래, 특히 유리알 유희가 과거에 사라졌던 것처럼 위기에 처할 수 있다는 것을 주장한다. 아울러 자신이 명인의 자리에서 내려가 평범한 선생이 되고 싶다는 말을 덧붙인다. 하지만 교육청은 회신을 통해 "이해되는 바도 있지만, 미래에 대한 지나친 우려와 특히 크네히트가 자리에서 내려오는 것은 반대한다"며 완강한 반대 의사를 전한다.

크네히트 전기의 마지막은 전설 같은 이야기로 끝난다. 당국에 보낸 자신의 청원이 거절됐다는 것을 안 크네히트는 대리인을 불러서 "내일 기한이 정해지지 않은 여행을 떠난다"고 전한다. 크네히트는 떠나기 전에 동료이자 친구인 테굴라리우스를 통해 어릴 적 쓴 시들 몇 편을 복기한다. 그중에서 '초월하라'라는 제목의 시가 크네히트의 인상에 남는다. "공간에서 공간으로 명랑하게 나아가야지 / 어디에도 고향인 양 매달려선 안 되네 / 우주정신은 우리를 구속하고 좁히는 대신 / 한 계단씩 올려주고 넓혀주려 한다."

그날 밤 크네히트는 추억에 젖어 카스탈리엔을 돌아본다. 다음 날 아침 그는 차를 타고 수도회 본부 수석인 알렉산더 명인을 찾아간다. 크네히트는 유희 명인의 인장과 열쇠를 넘겨주고, 여전히 자신을 우려하고 있는 그와 오랜 이야기를 나누며 자신의 입장을 전달한다.

수도원 본부에서 용무를 마친 크네히트는 오랜만에 도보로 길을 떠나, 다음날 수도에 있는 데시뇨리의 집에 도착했다. 크네히트는 벤푼타라는 호숫가 산장에서 겨울이 오기까지 티토를 가르치기로 했다. 드디어 이 스승과 제자는 외딴 산장에서 생활을 시작했다. 스승은 제자에게 식물에 관한 지식은 자신이 부족할 수 있으니 배움을 나누자고 말한다. 티토로서는 이전에 만난 선생님들과는 전혀 다른 느낌에 마음을 열기 시작한다.

다음 날 아침 해가 뜨기 전 크네히트는 호숫가에 있는 수영장이 딸린 별장으로 향한다. 잠시 후 나타난 제자는 춤을 추다가 "맞은 편으로 헤엄쳐 가면 해가 뜨는 것을 볼 수 있다"며 호수로 뛰어든다. 크네히트는 고산 여행으로 지친 몸이었지만 제자의 기분을 생각해 자신도 옷을 벗고, 맞은편 호숫가로 헤엄치기 시작한다.

티토는 잠시 후 자신을 뒤따라오던 스승이 보이지 않는다는 것을 알아챈다. 돌아가 물속을 찾아보지만 스승은 어디에도 찾을 수 없다. 티토는 스승의 죽음이 자신에게 책임이 있다는 자책과 더불어 자신이 스승을 얼마나 사랑하고 있는가를 새삼 깨닫는다. 아울러 스스로가 이제껏 자신에게 요구했던 것보다 훨씬 더 위대한 것을 요구하게 될 것을 깨닫는다.

요제프 크네히트의 유고

요제프 크네히트의 전기는 이렇게 끝난다. 그 다음에는 크네히트가 남긴 유고가 실려 있다. 크네히트가 남긴 시들은 그가 카스탈리엔으로 들어와 변화하면서 느낀 감정들을 정리한 것이다.

유고에는 세 편의 이력서가 있다. 이 이력서는 크네히트가 가상의 인물 셋을 만들어놓고 자신이 생각하는 삶들의 모습을 보여주는 것이다. 첫 번째 이력서의 그는 비를 내리게 하는 기우사(祈雨士), 혹은 일기 마술사로 불리는 사람이다. 고아였지만 영리한 아이 크네히트는 자신의 길을 찾다가 기우사인 투루를 따르게 된다. 투루는 처음에는 소년을 의심했지만 점점 소년을 주시하게 되고, 훗날 딸 아다를 그와 결혼시키는 한편 기우사의 자리도 물려준다. 기우사가 된 크네히트는 마을의 오랜 샤먼(무당)인 할머니와 협업을 하면서 마을의 농사와 약초 등을 관할한다. 하지만 그는 제자를 들이는 데 실패한다. 자질이 없는 마로라는 인물이 그의 첫 번째 제자인데, 그가 내치자 부족한 자질에도 불구하고 그에게 적대적 행동을 취한다. 그리고 어느 해 하늘에서 유성이 떨어지는 혼란한 밤이 지나고, 다음 해에는 큰 가뭄이 들어 모두가 혼돈에 빠진다. 결국 크네히트는 자신이 희생 제물이 되기로 결심한다. 그는 장인인 투루의 이름을 이어받은 아들에게 다음 일을 맡기고, 스스로 처형대에 오른 후 화장된다.

두 번째 이력서 '고해사'는 서른여섯에 자신의 모든 재산을 버리고, 고해의 길에 들어선 구도자 요제푸스 파물루스의 이야기다. 참회자들은 시간이 가면서 특별한 능력을 갖는 경우가 많았는데, 파물루스는 남의 이야기를 귀 기울여 들어주는 능력이 있었다. 그는 사람의 말에 귀를 기울이며 자신의 귀와 마음을 열고 그 번뇌와 걱정을 받아들여 위로하고 마음을 가볍게 해주거나 진정시켜주는 능력을 가졌다. 하지만 그는 상대가 말하는 것의 경중이나 가감에 상관없이 들어주고는 그의 이마에 입맞춤을 해주며 공감해줄 뿐이었다. 사죄나 평가는 그의 몫이 아니라고 생각했다.

파물루스는 방문자의 참회를 통해 자기도취에 빠지는 쾌감과 허영과 자기애를 느낄 때면, 무릎을 끓고 신에게 참회하기도 했다. 그런데 그렇게 살아가면서 몸은 쇠해지고, 일에 대한 열망도 식자 그는 평안한 죽음을 생각하게 된다. 그러던 어느 날 그는 간단한 짐을 챙겨서 집을 나선다. 어느 오아시스에서 잠을 청할 때 옆에 있는 노인과 젊은이가 충고를 얻기 위해 어떤 참회승을 만나는 게 좋은지 이야기를 나누면서 자신과 디온(아스칼론에 사는 디온 푸길은 말하는 이들의 문제를 적극 관여해 해결해준다는 성직자다)에 대해 이야기하는 것을 듣는다.

두 사람의 대화를 곰곰이 생각하던 파물루스는 디온을 만나보기로 한다. 다음 날 오아시스의 그 노인에게 디온을 어디 가면 만날 수 있는지 묻는다. 노인과 하루 종일 동행을 하며 저녁이 되었을 때, 노인은 자신이 디온 푸길임을 밝힌다. 파물루스가 자신이 살아온 길과 고민 등을 털어놓자 그는 단지 파물루스의 이마에 입맞춤을 하고는 머리 위에 십자가를 그어줄 뿐이다.

디온을 따라 그의 거처에 도착한 파물루스는 이후 디온의 일을 도우며 함께 생활하면서 디온이 타인의 고해를 듣는 방식도 알게 된다.

세월이 흘러 디온은 자신의 무덤을 파고 죽음을 기다리면서 파물루스에게 자신의 뒤를 이어줄 것을 부탁하고 마지막으로 고백을 한다. 두 사람이 처음 만났던 날, 사실은 자신도 자신의 일에 회의를 품고 고해를 하기 위해 파물루스를 찾아나선 길이었다고 한다. 그런데 그때 만난 파물루스 역시 자신과 같은 고통을 겪고 있음을 알았다고 한다. 다음 날 디온 푸길은 미소를 띤 채 숨을 거두고, 파물루스는 그를 집 옆에 묻고, 그 곁에 야자나무를 심는다.

크네히트가 쓴 마지막 이력서는 인도를 배경으로 하고 있다. 마법의 정령들 사이에서 화살에 맞아 죽은 정령 하나가 라바나라는 사람으로 환생했는데, 그는 갠지스 강가에 있는 왕국을 다스리는 왕이었다. 그에게는 일찍 죽은 왕비 사이에 태어난 아들 다자가 있는데, 새 왕비는 자기의 아들 날라를 왕으로 만들기 위해 호시탐탐 기회를 엿본다. 다자의 자질을 아는 왕의 궁내관 바주데바는 다자를 몰래 목동들의 그룹으로 피신시켜 살아가게 한다. 다자는 자연에 만족하고, 숲을 사랑한다. 그러던 어느 날 숲속에서 요가를 수행하는 수도자를 발견한다. 되돌아온 다자는 목자에게 허락을 받아 매일 저녁 수도자에게 우유와 버터를 시주했다.

그렇게 세월이 흐르고, 노쇠해진 라바나 왕이 아들 날라에게 왕위를 넘기는 왕위 승계식 날이 확정되었다. 목자에게 승계식 날 축제를 위해 버터를 공납하라는 명령이 떨어진다. 드디어 행사 당일, 행사장에 도착한 다자는 그 자리가 자기의 것임 알지 못했고, 바주데바도 그를 알아보지 못했다. 그렇게 행사가 끝났고, 이후 다자는 여자들도 만나고 싸움도 하면서 평범한 목자로 살아갔다. 그러던 어느 날 다자는 프라바티라는 아름다운 처녀와 사랑에 빠졌다. 그는 목자 생활을 버리고 그녀와 결혼하였고 장인의 밭과 논을 경작했다. 하지만 처가에서 다자를 보는 눈은 전적으로 좋지만은 않았다.

어느 날 젊은 왕 날라가 그 마을로 사냥을 왔는데, 아내가 사라졌다. 막내처남의 말을 듣고, 다자는 왕의 천막으로 가서 아내가 왕과 같이 있다는 것을 안다. 분노한 다자는 천막 근처에 숨어 있다가 투석기로 젊은 왕의 머리를 맞춰 죽인다. 이후 다자는 추적자들을 피해 방랑자가 되어 도망을 계속한다. 그러다가 그는 익숙한 마을을 만나는데, 그가 왕궁에서 나와 처음 머물던 구릉지 마을이었다. 그는 기억을 더듬어 요가 수행자가 있던 곳을 찾아가고, 침묵을 지키는 수도자 옆에서 머물게 된다. 수도자는 그에게 자리를 내주지만 일체 대화를 하지 않았다. 다자는 요가 수련법이나 비술을 배워보려 했지만 가르쳐주지 않아 스스로 따라하는 정도였다.

그러던 어느 날 다자는 수도를 마친 수도자에게 자신의 삶을 고백하고 선생님처럼 평화와 안정을 얻고 싶다고 했다. 하지만 수도자는 그저 웃으면서 '마야로다!'(미망이로다)라고만 할 뿐이었다. 다음 날 실망한 다자가 떠나겠다고 하자 수도자는 물바가지를 내밀며 물을 떠오라고 했다. 샘에서 물을 기른 후 잠시 쉬던 다자 앞에 놀랍게도 아내 프라바티가 보석으로 치장한 화려한 모습으로 나타난다. 그녀는 다자가 정통 왕위 상속자임이 밝혀졌고 왕으로 추대되었다는 놀라운 소식을 전한다. 자신을 찾아온 일행들과 함께 그는 왕궁을 향한다. 그리고 왕궁에 도착해 왕으로서 교육을 받고 왕으로서의 삶을 살아간다.

이후 왕비가 된 푸라바타는 축제 등 화려한 것에 치중했지만, 다자는 숲과 브라만들과의 교류를 통해 학문의 즐거움도 알아간다. 부부의 사이에는 아들 라바나가 태어나 아름답게 성장한다. 그런데 옆 나라 고빈다국의 병사들이 왕국을 침입하면서 두 나라 간의 전쟁이 지속된다. 다자는 악의 고리를 끊기 위해 평화 협정을 맺으려 하지만 프라바티가 반대해 무산된다. 오히려 극소수의 평화당과 다수의 전쟁당이 대립하는 상황이 된다. 시간이 갈수록 다자는 프라바티에 대해 고민하게 된다. 과거 프라바타가 동생 날라의 유혹에 쉽게 넘어갔던 프라바타를 믿을 수 없다 생각하고, 게다가 그녀가 전쟁을 주장하는 잘 생긴 기병대 사령관 비슈바미트에게 마음을 주고 있다는 것도 알고 있었다.

다자는 주변국과의 전쟁을 막아보려 했지만 방법이 없었고, 결국 전쟁은 시작됐다. 적과 맞서 싸우던 다자는 포로가 되어 고빈다 왕 앞으로 끌려갔다. 거기에는 아내 프리바티가 죽은 아들을 안고 있었다. 포박된 채 감옥에 갇힌 다자가 잠이 들었다가 깨어났는데, 그의 몸은 감옥이 아닌, 숲속의 그 요가 수도자의 샘가였다. 그는 꿈을 꾼 것이다. 그게 수도자가 그에게 알려주려 한 '마야'(미망)였다. 비로소 수도자는 그를 제자로 받아주었고, 다자는 이후 숲을 떠나지 않았다.

2.『유리알 유희』와 헤세

헤세는 54세 되던 1931년 니논 돌빈과 세 번째 결혼을 한다. 그녀
는 프랑스 귀화인으로 18세 연하의 미술사학자였다. 이후 헤세는
친구 한스 보드머가 임대해준 몬타놀라의 카스 로사로 이사하고,
이곳에 정착해 마지막 시간까지 보낸다. 이해부터『유리알 유희』를
집필하기 시작한다.

집필 도중에도 산문집『동방순례』, 소설『작은 세계』등을 출간
하지만 큰 획을 긋는 작품은 아니었다. 그러던 중 1934년에는 동생
한스가 자살하는 비극을 겪는다. 1939년에 제2차 세계대전이 일어
나고, 나치는 독일에서 헤세의 책을 몰수하는 한편 출판을 금지시
킨다. 이후 66세 되던 1943년에 헤세는『유리알 유희』를 2권으로 발
표한다. 발표 후 타임스는 "20세기에 쓰인 가장 중요한 책"이라 평
하고, 작가 토마스 만은 "가장 순수한 사고가 만들어 낸 보물이

다"고 평한다. 3년 후인 1946년에는 『유리알 유희』를 대표작으로 노벨문학상을 수상한다. 한림원은 "자기 치유를 위한 명상 수련이라는 신비로운 지식의 질서에 관한 판타지다"라는 평을 한다.

이 책이 헤세의 삶에서나 문학, 사상에서 절대적인 위치를 차지하는 것은 물어볼 필요가 없다. 그는 이 책을 쓰기 위해서 그간에 자신이 갖고 있던 지식은 물론이고 수학, 음악, 철학, 종교, 동양학 등을 연구하는 데 엄청난 힘을 쏟았다.

우선 그의 삶이 주인공 요제프 크네히트의 곳곳에 녹아 있다. 전작 『수레바퀴 아래서』, 『나르치스와 골드문트』에서처럼 라틴어 학교를 거쳐서 신학교로 간 우수한 아이가 나온다. 이 인물의 실제 모델이 헤세 자신이라는 것은 독자라면 누구라도 눈치 챌 수 있다. 다만 헤세는 7개월의 짧은 시간을 머물다가 시를 쓰겠다는 목적으로 벗어났다.

실제의 헤세는 신학교에 적응하지 못했다. 그래선지 그곳에 적응하지 못하는 이들을 위해 짧은 위로도 남긴다. 그것은 "에쉬홀트에서 잘 버티고 있는 우리야말로 진짜 약자에 겁쟁이 인지도 몰라"라는 크네히트의 생각이다. 이 말은 밖으로 뛰쳐나간 자신에 대한 위로이자, 자신 밖의 사람에 대한 관점을 드러낸 것이기도 하다.

이후 헤세는 중반기 소설처럼 우울증과 경건주의라는 양면을 갖고 있었다. 정신과 교수의 눈으로 바라본 정신분석은 어떤 것일까? 헤세의 문제는 누구나 삶의 과정에서 겪는 그러나 대개 무의식화 되어 있는, 트라우마와 성과 사랑과 미움에 대한 갈등과 이를 해결하려는 내면의 길에 대한 문제라고 정신분석학자인 민성길 연세대 명예교수는 분석하고 있다.

반면에 크네히트는 이곳에서 가장 정점에 도달하는 인물이다. 즉 그가 실현하지 못했던 신학교에 대한 이상을 이 소설을 통해 실현하고자 한 의지로 보인다. 그의 작품 연보로 연결한다면 『나르치스와 골드문트』와의 관계도 설정해볼 수 있다. 『나르치스와 골드문트』에서 실질적인 주인공은 골드문트다. 수많은 세속을 경험한 후에 수도원에 들어와서 나르치스의 도움을 받아, 예술적 완성을 이루고 평안하게 죽기 때문이다. 심지어는 어머니를 갖지 못한 나르치스를 동정할 정도다. 그런데 『유리알 유희』의 요제프 크네히트는 수도원에서 궁극적으로 더 성찰하고 살아가는 나르치스에 깊이를 더한 인물이라고 할 수 있다.

163

다른 하나는 이 소설에는 스승과 제자를 통한 전승이라는 스토리가 상당히 많다는 것이다. 어린 크네히트는 음악 명인을 통해 새로운 앎의 세계에 눈을 뜨게 되고, 선발되어 카스텔리엔에 들어가게 된다. 또 최후에도 제자 티토에게 죽음으로써 자신의 세계를 전수한다. 헤세는 평생 강의는 했지만 사제 관계라고 특정할 만한 관계는 많지 않다. 그런데도 이런 관계를 중요하게 설정한 것은 교학상장(教學相長, 가르치고 배우면서 서로 성장한다)이라는 동양적 관점을 높게 생각했기 때문으로 보인다.

3. 『유리알 유희』 산책

대부분의 독자들은 '유리알 유희'라는 행위에 대한 지식이 없다. 소설의 가장 큰 소재가 우리가 모르는 것이라는 사실에 독자들은 당황할 수밖에 없다. 그것이야말로 독자들로 하여금 이 소설에 다가가기 어렵게 하는 요소다.

지금은 존재하지 않는 유리알 유희라는 이 행위를 무엇으로 대체할 수 있을지 상상하기는 쉽지 않다. 행위로 보면 바둑처럼 상당히 고도의 지성 체계를 가진 놀이로 읽히긴 하지만 바둑보다 훨씬 복잡하기 때문이다.

그렇다면 이 유리알 유희가 행해지는 공간을 먼저 생각해볼 필요가 있다. 그 공간은 '카스탈리엔'으로 불리는 수도자의 마을이다.

이 카스탈리엔의 첫 번째 모델은 헤세가 입학했던 마울브론 수도원의 신학교이다. 그곳에 들어가 라틴어, 그리스어 등 다양한 언어를 읽히고, 다양한 정신적 산물을 배운다는 점에서 큰 차이가 없다. 그런데 특이한 것은 이 공간은 종교적으로 기독교를 배경으로 하지 않는 다는 점에서 특이하다. 이건 기독교를 절대화하지 않은 헤세다운 구상이다.

그럼 카스탈리엔은 어떤 곳을 배경으로 했을까. 우선은 카스탈리엔이 플라톤의 『국가론』 속에서 만든 정치 조직과 닮아 있다는 점을 볼 필요가 있다. 플라톤은 국가의 모든 것을 결정하는 정치가가 부정부패를 일삼으면, 국가는 무너질 수밖에 없으니 정치를 하는 철인들에게 엄격한 기준을 제시했다. 가령 "정치가가 되기 위해서는 노인이 될 때까지 엄청난 교육을 받아야 하고, 사유재산 축적이 금지되고, 심지어는 가족을 만들 수 없으며, 자신의 자식이 누구인지 모르게 해야 한다"는 것이다. 이런 기준은 카스탈리엔을 지키는 수도사들의 삶과 똑같다. 소설 안에도 "플라톤은 일종의 카스탈리엔을 창설하기는 했지만, 결코 카스탈리엔 사람은 아니었고 타고난 귀족이자 왕족의 혈통을 이어받은 사람입니다."(유리알 유희 2권, 58페이지)라는 말이 있다.

당연히 헤세가 카스탈리엔의 모델을 플라톤에서 따왔다는 것을 알 수 있다. 하지만 헤세는 카스탈리엔의 모습을 플라톤과 한 차원 다른 곳으로 만들려 했다는 것도 알 수 있다.

플라톤은 『국가론』등을 통해 엘리트를 통한 특수 계층의 리드를 철학으로 삼았다. 그것은 플라톤 자신이 상위 계층이었기 때문이다. 그런데 그의 제자였던 아리스토텔레스는 그와는 확연히 다른 사람이었다. 아리스토텔레스는 그리스 시민권자가 아닌 마케도니아 사람이었다. 그런 이유로 중심 학문 세력에서 항상 소외됐다. 제자 알렉산더 대왕 덕분에 한때 주류가 되기도 했지만 결국은 학단의 권좌에서 밀려났다. 이런 이유로 그는 인간 중심의 철학을 만들었고, 이후 신의 영역에 한정된 서양 철학의 눈높이를 인간으로 내리는 데 큰 역할을 했다.

이런 점을 봤을 때, 소설 『유리알 유희』는 엘리트 지성 공간인 카스탈리엔과 바깥의 끊임없는 소통을 이야기한 소설이기도 하다.

166

헤세가 궁극적 소재로 삼은 '유리알 유희'는 실재하는 것은 아니다. 때문에 한림원도 "신비로운 지식의 질서에 관한 판타지"라고 말했다. 작가로서 헤세는 자신의 마음을 드러낼 가장 좋은 소재가 무엇인가를 고민했을 것이다.

실제로 그는 소설은 물론이고 시, 산문, 그림 등을 통해 끝없이 자신의 정신을 표현해보고자 노력했을 것이다. 어릴 적 좋아했던 야코프 부르크하르트, 노발리스나 니체 등 수많은 사람의 사상을 배웠다. 20대 초반에 그는 여행을 떠날 때, 니체의 책보다 부르크하르트 책을 여행 가방에 넣고 동반했다. 부르크하르트(Jacob Burckhardt, 1818~1897)는 스위스의 역사가로 바젤대학의 사학·미술사 교수였다. 지금은 흔히 쓰이는 '르네상스'(Renaissance, 문예부흥)란 말도 그가 만들었다. 바젤의 기독교 목사의 아들로 태어나 처음에는 신학을 배우다가 역사·미술로 방향을 전환하였다. 그는 1839년 베를린대학에 들어가 L.랑케에게 역사학을 배웠지만, 독일·이탈리아 미술을 연구하여 미술사가(史家)로서도 인정을 받았다. 헤세가 부르크하르트를 좋아한 것은 문화를 보는 데 있어서 역사나 미술 등을 중요한 배경으로 했다는 것이다.

헤세는 니체, 노발리스, 도스토예프스키 등도 좋아했다. 노발리스(Novalis, 1772~1801)는 귀족 가정에서 태어나 경건주의의 종교적 환경 속에서 유년기를 보냈고, 현세의 생과 죽음을 초극하는 낭만주의적 자연관·역사관을 구축해서, 『밤의 찬가』 등을 낸 시인이자 소설가다. 헤세는 노발리스를 일러 "독일 정신이 만들어낸 가장 독특하면서 신비적인 작품을 남겼다"고 했다.

이런 수많은 사상과 예술을 결합할 수 있는 장치는 사실상 존재하지 않는다. 그래서 헤세가 만든 것이 유리알 유희다. 이것은 현상에 존재하지 않는 것이다. 요즘으로 말하자면 게임 세계에나 있는 가장 이상적인 아이템의 조합 같은 것이다. 하지만 이것을 갖고 즐길 수 있는 이들은 극히 한정적이다. 어린 크네히트가 음악 명인을 통해 선택받듯 특정한 과정을 통해 선발되는 이들이 갖고 활용할 수 있는 아이템이다.

그런 점에서 과거의 놀이로 본다면 바둑과 같은 것이고, 실제로

『유리알 유희』에서 바둑을 많이 차용한다. 한편 유리알 유희의 발견을 우리 역사에 비유하면 세종대왕이 주축이 되어 만든 한글 창제와도 유사하면서도 다르다.

한글 창제는 단순한 문자의 창제가 아니다. 당시 너무 어려워 문자를 갖지 못한 일반 백성들이 소통할 수 있는 수단을 만들어준 것이다. 문자를 갖는 것은 지식의 축적, 습득, 전달, 표현을 쉽게 하는 획기적인 사건이다. 때문에 기득권인 사람들은 이런 흐름 자체를 거부했던 것이다. 하지만 세종대왕은 지식의 기층이 있어야 더 큰 꽃을 피울 수 있다고 본 것이다.

한글이 창제되었다고 해서 조선의 지식 체계가 저급해진 것도 아니다. 조선 후기 연암 박지원이나 다산 정약용 등 수많은 사상가들은 다양한 분야와 다양한 장르의 책을 쓰면서 모두 한자를 사용했다. 지식층에 따라 소통하기 편한 방식이 있고, 그들은 한자가 편했기에 한자를 쓴 것이다.

유리알 유희도 조선 후기 연암이나 다산이 지식을 활용했던 것과 비슷한 수단이었다. 명인들은 가장 고도화된 이 수단을 통해 교류하고, 발전하고, 지혜를 확장했다.

내가 처음 이 책을 만난 것은 대학교 때다. 대부분의 독자가 서문에서 막히듯이 나도 그 말들의 의미를 잘 몰랐다. 그래서 서문을 대충 넘기고, 스토리가 있는 요제프 크네히트의 전기를 읽었다.

크네히트가 티토에게 깊은 메시지를 남기고 사라지는 모습은 내가 만났던 어느 문학이나 예술 장르에서 느낀 감동보다 컸다.

대학 시절 동아리에서 후배들에게 부족한 상태지만 무언가를 가르치려 했던 기반도 헤세가 주는 다양한 메시지들의 도움을 받았을 것이다. 또 직장 생활이나 중국 생활, 공무원 생활, 기업 임원 생활을 통해 만난 수많은 인간관계에도 나는 크네히트에게서 느꼈던 감정이 작용했고 지금도 작용하고 있을 거라는 생각이다.

그런 감정 중 가장 큰 것은 타자를 이해하고, 이해하려는 마음이다. 1998년 1월 첫 해외여행으로 방문한 베트남이나 다음 해부터 잠시 살게 된 중국을 비교적 사랑하는 이유 중 하나도 그곳이 가진 문화를 공감하고, 이해하려 했기 때문이다. 열흘 정도 호찌민에서 하노이까지 취재하면서 나는 그들이 겪은 힘들고 어려웠던 역사를 가슴에 묻은 채 새로운 삶을 개척하는 모습에 깊은 감동을 받았다. 다음 해인 1998년에 취재차 중국을 방문해 쓴 르포의 제목이 '중원의 사랑으로 100년 만에 대홍수 극복하는 중국인'이었다. 내가 중국에서 만난 모습은 그다지 아름답지 못했다. 온통 쓰레기로 뒤덮인 기차, 비위생적으로 뱉어놓은 가래침, 상대를 마주한 자세에서 대변을 봐야하는 화장실 등 우리의 상식에는 부족한 나라일 수 있었다. 하지만 나는 낯선 이방인들을 대하는 눈빛에서 그들도 똑같은 사람이라는 생각을 하면서 중국에 대한 선입견을 버릴 수 있었다. 헤르만 헤세도 인도나 말레이시아, 싱가포르 여행길을 통해 이런 마음으로 동양을 봤을 것이다.

외국 기업 중 중국에 뿌리를 잘 내린 기업을 가장 많이 보유한 나라를 꼽으라면 단연 독일이라고 할 것이다. 글로벌 자동차회사 중 최초로 중국에 진출한 폭스바겐을 비롯해 독일은 첨단 산업을 중심으로 중국과 가장 확고한 파트너십을 갖고 있다. 이것은 독일이 중국을 선입견이나 편견 없이 냉철하게 판단하고 봤기 때문이다. 우리나라 사람들이나 기업들의 중국 진출에 있어서도 이런 관점은 중요하다.

『유리알 유희』는 한 사람의 성장에 관한 가장 중요한 것들을 담고 있다. 때문에 읽는 나이에 따라서 다르게 받아들여지는 소설 가운데 하나다. 나도 20대 중반에 처음 읽을 때와 50대 초반에 읽었을 때 그 느낌이 다를 수밖에 없었다. 처음 읽었던 그때 나는 티토에 가까운 나이였고, 미래를 찾아서 헤매고 있었다.

나에게 크네히트 같은 스승이 있는지는 모르겠다. 하지만 생각해보면 헤르만 헤세를 비롯해 김용옥 등 내가 학문적으로 존경했던 수많은 이들이 있다. 그들은 직접은 아니지만 내가 세상을 보는 눈을 더 키워줬다.

앞서 말했듯이 유리알 유희는 엘리트들의 소통 방법일 수 있다. 하지만 소설 『유리알 유희』는 판타지 소설이기는 하지만, 실제로는 지식의 층위에 무관하게 우리 인생에 있어 생각해봐야 할 핵심들을 보여준다.

1. 헤세와 길을 같이한 사람들

14세에 입학한 엘리트 코스 마울브론 수도원 신학교를 뛰쳐나온 헤르만 헤세는 그 후 김나지움을 잠시 다니지만 일반 정규 과정의 도움을 거의 받지 못했다. 수도원 신학교가 주는 정서적 분위기는 물론이고 신학을 중심으로 한 커리큘럼 자체도 헤세에게 맞지 않았을 뿐만 아니라 김나지움의 경우는 너무 뻔한 지식의 깊이에 실망했다.

그런 헤세가 수없이 많은 지적 산물을 만들어낼 수 있었던 것은 그가 존경했던 인물이나 만났던 인물은 물론이고 끊임없는 독서를 통해 얻은 지식 때문일 것이다. 거기에 젊은 시절부터 떠났던 여행들을 통해 얻은 지식이나 인상이 큰 역할을 했을 것이다.

헤세에게 가장 큰 영향을 준 인물은 누구일까. 우선 그가 만나지는 못했지만 가장 애독하던 책의 저자가 있다. 가장 먼저 소개할 수 있는 사람은 야코프 부르크하르트일 것이다. 스위스 바젤대학에서 강의한 그는 르네상스를 체계적으로 정리한 가장 대표적인 인물이다. 그는 이탈리아, 특히 르네상스 시대를 연구해 인문과 미술 분야에서 빼어난 체계를 세웠다. 젊은 시절 헤세가 그의 책을 여행길에 동행했다는 것은 그의 문학 작품에도 토대가 됐다는 것을 말하고, 실제로도 헤세의 소설에서 관련 흐름을 알 수 있다.

다음으로 헤세가 따랐던 사람들은 문학과 철학에서 그를 일깨운 사람이다. 헤세의 글에는 노발리스의 시가 즐겨 인용되고, 단테의 산문도 자주 인용된다. 또 중년의 헤세는 도스토예프스키에 관한 에세이를 쓸 만큼 그를 의지했다. 때문에 두 번째로 영향을 준 인물로 이 세 명의 문인들을 꼽을 수 있다.

마지막으로 헤세에게 영향을 준 사람은 세 명의 부인과 더불어 소설가 로맹 롤랑과 토마스 만 그리고 랑과 융 박사 등 정신 치료에 도움을 준 사람들이다. 이들은 치료 과정을 통해 헤세에게 영향을 주었을 뿐만 아니라 헤세 또한 그들에게 영향을 준 친구의 관계로 보는 게 맞을 것이다.

이번 장에서는 이들 중에서 헤세에게 가장 큰 영향을 준 인물인 부르크하르트를 시작으로 그가 학문적으로 따랐던 문인, 그리고 그가 실제로 만나서 교류한 문인 등 중요한 역할을 하는 사람으로 구분할 것이다.

그럼 왜 헤세에게 영향을 준 사람들을 알아야 할까. 우선 헤세의 작품을 읽는 데, 이런 인물들에 대한 이해가 있다면 훨씬 더 깊게 헤세의 작품에 들어갈 수 있기 때문이다. 헤세의 소설은 상당히 지적인 부분이 많다. 따라서 인문 지식이 없다면 그저 지나가는 말로만 인지될 수 있다. 반면에 헤세가 영향을 받은, 또 교류한 인물의 이해가 뒷받침된다면 그 내용에 대한 이해는 한껏 풍부해진다. 헤세뿐만 아니라 소설가는 소설 속 인물을 대부분 현실이나 자신이 아는 지식 체계에서 차용할 수밖에 없다. 이것은 소설 속 인물을 더 깊게 읽는 것이자, 또 다른 흥미를 주는 요소가 될 수 있다.

물론 이런 이해 없이 소설만으로 헤세를 알고 싶다면 이 장을 지나갈 수 있다. 반면에 이 부분을 읽고 가면 헤세의 작품 속 인물이 더욱 친숙하게 느껴질 수 있을 것이다.

2. 부르크하르트

헤르만 헤세가 가장 좋아했던 인물이 누구일까를 물으면 많은 사람들은 그의 소설에 자주 등장하는 니체라고 할 것이다. 그런데 충위는 다르겠지만 헤세의 문학에서 니체보다 더 중요한 인물이 있다. 바로 야코프 부르크하르트(Jacob Burckhardt, 1818~1897)다. 그는 헤세가 스무 살 때, 79세의 나이로 사망했으니, 두 사람 간의 실질적 교류는 없었을 것이다. 하지만 헤세는 확실히 모든 면에서 부르크하르트를 사숙했다.

175

헤세 연구자인 홍성광 작가도 『헤세의 여행』 프롤로그에서 "헤세는 이미 니체보다 부르크하르트의 영향을 더 강하게 받고 있었다. 그래서 부르크하르트의 책을 트렁크에 넣어 가지고 갔을 뿐만 아니라, 여행 전체, 여행의 분위기와 경향, 그가 추구하는 것과 그에게 중요했던 것이 어느 정도 부르크하르트의 영향 하에 있었다"고 썼다.

헤세는 부르크하르트의 어떤 면이 좋았을까. 부르크하르트는 19세기를 '역사의 세기'로 만든 인물 중 하나로 꼽히는 역사학자이자 문화학자다. 1818년 스위스 바젤 태생이지만 어머니가 이탈리아인이어서 그는 이탈리아에 깊은 관심을 갖고 있었다. 처음에는 역사학을 전공해 바젤대학 역사학과 교수로 사회에 들어섰다. 1845년부터 1848년까지 이탈리아를 여행하고 연구한 그는 『여행 안내서: 이탈리아 예술 작품의 감상을 위한 안내서』(1855)와 『이탈리아 르네상스 문화』(1860)를 차례로 출간했다. 우리나라에도 번역 출간된 『이탈리아 르네상스의 문화』(이기숙 역, 한길사 펴냄)는 당시까지만 해도 존재가 명확하지 않았던 '르네상스'(문예부흥)라는 단어를 기억시킨 중요한 책이다. 부르크하르트가 정리한 르네상스의 전통을 요약하면 이렇다.

14세기 이전 이탈리아 북부에 밀라노, 피렌체, 베네치아 등 도시국가 탄생한다. 중부에는 로마 교황을 중심으로 한 교회령 아래 여러 귀족 세력이 분열하는데 종교와 정치는 교황령이 지배했다. 상대적으로 남부에는 나폴리 왕국과 시칠리아 왕국(11세기 건국)이 있었는데, 두 곳은 15세기에 스페인 아라곤 왕조에게 정복당해 지배 중이었다.

북부 베네치아 공화국은 동방 무역을 통해 경제가 풍요롭고, 정치적으로 안정되어 있었다. 공화국 체제를 유지했고, 물의 성으로 불릴 만큼 외세의 침입이 어려웠다. 해상 무역의 강국이면서, 권력에 집착하지 않는 자유로운 성향이 있고, 합리적인 외교를 했다. 하지만 상대적으로 학문은 발달이 덜했다.

반면에 북동부 바닷가에 있는 피렌체 공화국은 연대기 학자인 빌라니(Giovanni Villani, 1276~1348)를 필두로 다재다능한 상인과 정치가, 학자, 예술가 등을 결합한 만능인들이 등장하기 시작한다. 초반에는 무사토(Albertino Mussato, 1261~1329)와 페트라르카(Francesco Petrarca, 1304~1374) 등이 계관 시인의 칭호를 받고 영웅이 된다. 피렌체는 교회가 독점하던 정신 체계를 교회와 인문주의로 양분했다.

15세기 이탈리아에 고대 바람을 일으킨 인물은 단테, 페트라르카, 보카치오였다. 단테는 『신곡』에서 고대 세계와 기독교 세계를 나란히 놓고 얘기했지만, 사람들은 고대 세계(인문 중심)에 관심을 집중했다. 이때부터 그리스·로마 신화의 인물들이 사람을 매혹시켰다. 페트라르카는 온몸으로 고대를 대변한 열렬한 고대 예찬론자였다. 고대 시인 호메로스를 숭배했고, 모든 종류의 고대 시를 모방했으며, 고대의 모든 문제를 논문 형식으로 다룬 서간문을 썼다. 보카치오는 그리스인의 도움을 받아 『일리아스』와 『오디세이아』를 라틴어로 번역했고, 이것을 고대 건축과 고전 연구, 라틴어 사용으로 나타냈다.

한편, 라파엘로(Raffaello Sanzio, 1483~1520)는 교황 레오 10세를 위해 고대 로마 전체를 이상적으로 복원하려는 계획을 세웠다.

그는 다빈치, 미켈란젤로와 함께 르네상스 예술 3대 천재로 불린다. 바티칸 궁전 서명실(署名室)의 천장화, 4면의 벽에 프레스코 벽화를 그렸다. 그런 점에서 헤세의 소설 『나르치스와 골드문트』의 주인공 골드문트로도 생각된다. 4면의 벽화 중 가장 유명한 그림이 <아테네 학당>이다. 플라톤과 아리스토텔레스를 중심으로 아테네 학당에 모인 그리스 철학자들을 그린 것인데, 묘사나 구성에서 끊임없는 상상을 불러일으키는 작품이다.

또 다른 흐름은 그리스어와 라틴어 고전의 발견과 연구다. 15세기가 되자 고전에 대한 새로운 발견이 유행이 됐다. 피렌체는 마키아벨리의 고향으로, 마키아벨리(Niccolò Machiavelli, 1469~1527)는 『피렌체사』에서 1492년 피렌체를 하나의 생물체로 보고, 발전 과정도 자연스러운 과정으로 본다. 그는 정치적 혼란을 염려해 이상적이고 새로운 정치 이념 담은 『군주론』을 저술한다. 그는 위대한 군주와 강한 군대, 풍부한 재정이 국가를 번영하게 하는데, 어떠한 수단도 사용 가능하다는 입장이어서 비판도 많이 듣는다.

14세기부터 가장 순수한 산문의 원조는 라틴어로 쓴 키케로(Marcus Tullius Cicero, 기원전 106~기원전 43, 『변론문』, 『웅변론』, 『국가론』, 『의무론』 등 저술)의 글이 됐다. 페트라르카 이후 특히 편지글은 키케로의 것을 모방해서 발전했고, 15세기 말에는 키케로가 쓴 책에 나오지 않은 표현은 모두 배격할 정도였다.

인문의 또 다른 발전 축은 대학이었다. 초기 대학은 교회법, 세

속법, 의학 등을 가르쳤고, 후에 수사학, 철학, 천문학이 추가됐다. 15세기 초 피렌체의 대학이 발전하자 교황과 귀족들이 몰려들었다. 교황 레오 10세는 최고의 인문주의자를 포함해 88명의 교수를 초빙하는 등 로마의 사피엔자 대학을 체계적으로 정비하기도 했는데 오래가지는 못했다.

이런 피렌체 르네상스의 배경에 메디치 가문이 있다는 것은 이제 상식적인 일이다. 피렌체의 정치적 군주이자 문화적 군주인 코시모 데 메디치와 로렌초 데 메디치는 그중 최고의 후원자로 꼽힌다.

코시모 데 메디치(Cosimo de' Medici, 1389~1464)는 금융가이자 정치가이지만 고전 애호가였다. 유럽은 물론 동방의 비잔티움 제국, 이슬람 제국, 이집트, 아프리카로 학자를 보내서 고전을 발굴했다. 고대 플라톤 철학에서 고대 사상의 진수를 발견했고, 그는 플라톤 철학 학파를 만들어 플라톤에 대한 믿음을 주변에 전파했다.

그의 손자 로렌초 데 메디치(Lorenzo di Piero de' Medici, 1449~1492)도 할아버지에게 교육을 받았다. 시에도 능한 그는 할아버지를 따라 플라톤 철학 없이는 훌륭한 시민도, 훌륭한 기독교인도 될 수 없다는 신념을 갖고 있었다. 줄리아노 다 상갈로, 안토니오 델 폴라이올로, 안드레아 델 베로키오, 레오나르도 다빈치, 산드로 보티첼리, 미켈란젤로 등이 그의 후원을 받았다. 특히 로렌초는 성 마르코 수도원에서 눈에 띈 학생인 미켈란젤로(1475~1564)

를 궁전으로 데려와 아들처럼 키웠는데, 이후 미켈란젤로는 <피에타>, <다비드> 등을 만들었다.

이상을 간단히 요약하자면, 르네상스는 인문학의 부활로 시작하였고 그 후 100년 뒤에는 미술의 전성기를 맞았으며, 식물학, 동물학 등도 애호를 받았다.

부르크하르트에게 있어 '개인'이란 교회와 집단이라는 중세적 속박에서 벗어난 인간, 세상의 중심이 된 인간, 자유로운 의지를 가진 인간, 자신의 의지를 실현하는 인간, 자신의 능력을 발휘하는 인간, 자신을 표현해내려는 인간, 자신을 둘러싸고 있는 사물과 세계를 탐구하려는 인간, 이 모두를 포함하는 개념으로 이해해야 한다.

180

헤세가 쓴 상당수의 작품에 나오는 수도원은 마울브론 수도원에서 외관을 가져왔다면 내부는 피렌체에 번성한 르네상스 문화에서 상당 부분 영향을 받았음을 알 수 있다. 특히 『유리알 유희』 등에서 배경이 되는 철학이나 신학의 관점은 피렌체 르네상스 시대의 고민에서 크게 벗어나지 않는다.

증명할 수는 없지만 소설 『유리알 유희』에서 야코부스 신부와 크네히트가 작은 지역의 한 학자로 인해 서로에게 관심을 가지게 되는 인물이 있다. 바로 슈바벤 사람 '요한 알브레히트 벵겔'(Johann Albrecht Bengel, 1687~1752)이다. 벵겔은 실존했던 신학자였다.

3. 괴테, 노발리스, 니체

어린 시절에 짧게 학교를 다녔던 기억 밖에 없던 헤세를 문학 세계로 이끈 가장 중요한 원동력이 책이라는 것은 부인할 수 없는 사실이다. 헤세는 1895년 튀빙겐의 헤켄하우어 출판사에서 견습생 생활을 하면서 책과 가까이 할 기회를 얻었다. 이후 1903년 서점을 그만둘 때까지 책의 세계에 근접할 수 있었다. 서점에서 일하면서 소설을 쓰기 시작했고, 시집과 산문집을 펴내기 시작했다.

헤세가 1931년(54세)에 몬타뇰라 새 집으로 들어갈 때 책들을 정리하며 쓴 산문 「서재 대청소」를 보면 그의 책에 대한 사랑이 어느 정도인지 느낄 수 있다. 「서재 대청소」는 12년 만에 이사를 하면서 8일 동안 수천 권이 쌓인 서재를 정리할 때의 감회를 정리한 산문이다. 이 글을 포함해 그가 발표한 책에 관한 칼럼들을 보면 그의 문학관을 대충이나마 엿볼 수 있다.

헤세의 책에 대한 관점을 가장 잘 볼 수 있는 글은 1927년(50세)에 쓴 산문 「세계문학도서관」이다. 그는 이 글에서 세계 문학을 접하는 것의 가치를 "여러 민족들의 작가와 사상가들의 작품을 통해 지난 세월이 우리에게 넘겨준 사상과 경험, 상징, 상상과 소망의 그 엄청난 보고를 차근차근 접하며 알아가는 것"이라면서 다양한 문학 작품을 읽을 것을 권한다. 그는 이런 작업을 통해 "좋은 작품들을 자유롭게 택해 틈날 때마다 읽으면서 타인들이 생각하고 추구했던 그 깊고 넓은 세계를 감지하고 인류의 삶과 맥, 아니 그 총체와 더불어 활발하게 어울리는 관계를 맺는 일이 중요하다"고 썼다.

그런데 책에 대해 쓴 헤세의 산문들을 살피면 그가 특별히 한두 작가에 매몰되는 것은 싫어한다는 것을 알 수 있다. 그는 산문 「애독서」(1945)에서 "나는 이제까지 수천 권의 책을 읽었고, 그중 어떤 것은 여러 번 되풀이하여 읽었지만, 관심과 열의를 가지고 읽는 문학의 범위와 소장 도서 중에서 특정 문학이나 사조 혹은 작가들을 골라내는 데는 기본적으로 반대한다"고 했다. 따라서 헤세가 특정의 한 작가와 깊은 관계로 연결됐다고 보기는 힘들다.

다만 헤세의 산문에서 전반적으로 자주 언급되는 작가들을 꼽을 수는 있다. 시인으로는 노발리스, 소설가로는 사숙했던 괴테와 도스토예프스키와 평생을 교류한 토마스 만, 철학자로는 니체가 눈에 띈다. 그밖에 『도덕경』이나 『장자』를 비롯한 동양 고전에도 깊은 관심을 가졌다는 것을 알 수 있다.

이 중에서도 괴테(Johann Wolfgang von Goethe, 1749~1832)는 헤세에게 빼놓을 수 없는 인물이다. 헤세는 괴테가 활동했던 1750년부터 1850년까지의 백 년, 특히 괴테가 중심이 된 이 시기의 독일 문학에 깊은 열정이 있었다.

헤세의 작품에는 괴테의 모든 소설들이 빈번하게 이야기되는데, 특히 『친화력』을 네 번이나 읽었다는 글이 있다. 이 소설은 고전주의적 사랑과 낭만주의적 사랑을 나누는 네 남녀의 이야기다. 에두아르트와 오틸리에, 샤를로테와 대위가 그 주인공인데, 이들은 서로 다른 가치관과 신념을 가지고 살아간다. 이미 결혼한 부부가 서로 다른 남성과 여성에게 '선택적 친화력'에 의해 이끌리게 된다는 이야기로 막장 드라마에 가까울 만큼 파격적이다. 화학적 개념인 친화력을 인간 사이의 관계에 적용하는 엉뚱한 설정이 흥미롭다. 본능적 사랑을 좇아 결혼이라는 제도를 대수롭지 않게 여기는 낭만주의적 인물의 대표 에두아르트와 결혼의 신성성을 강조하고 절제와 체념으로 자연적 본성인 친화력을 부인하는 샤를로테 부부의 변화하는 모습을 그린 소설이다. 헤세가 세 명의 부인 그리고 주변 인물들과 끊임없이 복잡하게 나누었던 감정과 사랑의 교류를 소설 속 인물들의 삶에 대입해서 읽으면 더 흥미롭다.

헤세의 중년 이후 가장 친한 벗인 토마스 만(Thomas Mann, 1875~1955)과 그의 형 하인리히 만도 헤세가 가장 좋아하는 작가

183

였다. 괴테나 도스토예프스키가 이미 사라진 선대라면 토마스 만은 자신보다 훨씬 먼저 노벨문학상을 수상(1929)하고, 평생 서로에게 위로를 주고받았던 인물이기 때문이다. 또한 토마스 만은 헤세의 소설이 나올 때마다 해설을 써준 '지음'(知音)의 친구였다.

소설 『푸른 꽃』의 저자 노발리스(Novalis, 본명 Friedrich von Hardenberg, 1772~1801)도 헤세가 가장 가깝게 느낀 작가다. 그를 두고 "낭만주의 문학이 노발리스에서 개화하고 졌다"고 평할 만큼 뛰어난 작가다. 헤세는 28세에 죽은 그를 이렇게 얘기한다.

"어느 누구로도 대신할 수 없는 작가였던 그의 미완성 작품들에는 은밀하고도 매혹적인 너무나도 독특한 향기가 서려 있다. … 이념으로서, 발상으로서, 창조적 구상으로서 『푸른 꽃』의 가치는 헤아릴 수 없이 크다. 이는 미숙한 한 청년의 작품이 아닌, 이상을 꿈꾸는 인간 영혼의 명상이며, 고난과 어둠을 뚫고 저 높이 이상과 영혼, 구원을 향해 비상하는 힘찬 날갯짓이다."(산문 「낭만주의와 신낭만주의」, 1900)

『푸른 꽃』은 노발리스의 인생 스토리만큼이나 순결하고, 아름다운 낭만주의 소설인데, 미완성 작품이다. 1부 「기대」는 완성됐지만, 2부 「실현」은 작가의 죽음으로 중단됐다.

소설의 배경은 중세 기독교가 번성하던 시기다. 주인공 하인리히는 한 나그네에게서 '푸른 꽃'의 전설을 들은 후 꿈속에서 그 신비한 꽃을 보는 꿈을 꾼다. 그러던 어느 날 그가 머물렀던 튀링겐의 성을 벗어나 어머니의 고향인 아우크스부르크로 향한다. 그 과정에서 하인리히가 만나는 광부와 기사 등의 이야기가 나오고, 아틀란티스의 전설과 십자군 원정 등에 대한 이야기도 나온다. 특히 외동딸인 공주와 숲속에 사는 청년의 사랑을 다룬 아틀란티스 전설은 그 자체로 하나의 아름다운 사랑극이라 말할 수 있다.

아우크스부르크에 도착한 하인리히는 할아버지의 오랜 친구인 시인 클링스오르와 그의 사랑스러운 딸 마틸데를 만난다. 시인은 하인리히의 스승이 된다. 그리고 하인리히가 꿈속에서 본 푸른 꽃을 알려준 소녀가 바로 마틸데였음을 깨닫는다. 스승은 둘의 결합을 허락하고, 축하하면서 하나의 동화를 들려준다.

동화 속 공간인 아르크투르스 별은 얼음으로 굳어 있고, 공주인 프라이아는 영원한 잠에 빠져 있다. 아버지와 어머니에게는 에로스라는 아이가 있다. 아버지는 감각을, 어머니는 마음을 상징한다. 달의 딸이자 에로스의 유모인 기니스탄(상상력)도 파벨이라는 딸이 있다. 파벨은 아버지와 기니스탄의 은밀한 관계에서 태어났다.

그러던 어느 날 기니스탄이 에로스와 함께 자기 아버지가 있는 달로 여행을 떠난다. 그때 이성을 상징하는 서기가 반란을 일으켜 어머니를 사로잡아 화형에 처한다. 어린 파벨만이 지하 세계로 도망쳐 그곳에 있던 운명의 여신을 제압하고, 희생당한 어머니의 재를 물그릇에 담아 모두에게 마시라고 준다. 그러자 모두의 가슴 속에 어머니가 살아 있음을 느낀다. 마침내 어린 파벨은 아르크투루스 왕국에 도착해 얼음을 녹인다. 그리고 이복 남매인 에로스를 잠에서 깨어난 프라이아에게 데려가 둘을 결합시켜준다. 에로스와 프라이아는 힘을 합쳐 새로운 황금시대를 다스린다.

2부 「실현」은 노발리스가 사망하면서 집필 중간에 중단된 작품이다. 하인리히와 마틸데의 첫 키스로 태어난 아스트랄리스의 서곡으로 시작되는 이야기를 담고 있다.

29세의 젊은 나이에 요절한 노발리스는 『푸른 꽃』의 하인리히만큼이나 맑고, 낭만적인 요소를 지닌 작가였다. 실제로 소설 『푸른 꽃』은 그가 1794년 11월 뤼닝엔이라는 마을에 공무차 들렀다가 만난 열세 살 소녀 소피(Sophie von Kühn, 1782~1797)를 소재로 삼았다. 자신이 하인리히이고, 그녀가 마틸데였던 것이다.

실제로 노발리스는 소피와 약혼을 한다. 그런데 소피가 결핵에 걸리면서 그들의 운명은 비극을 향한다. 소피가 열다섯 살의 어린 나이에 숨지고 만 것이다. 소피의 죽음 후 노발리스는 신비주의적이고 종교적인 감성에 눈을 떴고, 그녀를 대상으로 한 소설을 창작한 것이다. 이후 1798년에는 율리 폰 카르펜티어와 약혼을 하지만, 이미 소피에게 깊숙이 빠진 그의 영혼은 빠져나올 수 없었다. 1799년과 1800년 사이에 『푸른 꽃』으로 소피를 되살리지만, 결국 그도 건강이 악화되고, 1801년 3월에 숨을 거둔다.

노발리스가 『푸른 꽃』에서 쓴 동화들은 18세기 합리주의와 그에 대한 반발로 시작된 낭만주의 사이의 싸움을 상징적으로 그린 것이다. 서기(書記)라는 인물을 통해 폭력적인 합리주의를 형상화한 것이다.

헤세는 소설가이기도 했지만 시인의 삶 또한 놓지 않았던 인물이다. 그는 소설에서는 시를 많이 담지는 않았다. 『유리알 유희』정도가 시를 담고 있는 소설이다. 그렇지만 그는 노발리스를 '낭만주의 작가의 시작과 끝'이라 할 만큼 숭앙했다. 당연히 노발리스의 소설 속에 등장하는 시들의 세계에도 매력을 느끼고 관심을 가졌다. 헤세의 시편들이 부드러운 서사를 담은 노발리스의 시편들과 비슷한 느낌을 주는 것도 그런 이유일 것이다.

헤세가 외할아버지나 아버지의 영향을 받아 인도나 중국에 관해 눈을 뜬 것은 명확한 사실이다. 그런 그의 세계는 이후 책을 통해 더욱 공고해지고, 실제로 그의 소설에는 동양적 사고들이 적지 않게 들어간다. 『싯다르타』는 물론이고 『나르치스와 골드문트』, 『유리알 유희』속 세계는 동양적 깊이를 빼고는 설명할 수 없는 부분이 많다. 그는 인도와 중국에 대해 각기 다른 흥미를 갖고 탐닉했다.

"인도가 고행과 금욕으로 세상을 버림으로써 고귀하고 감동적인 경지에 이르렀다면, 중국은 본성과 정신, 종교와 일상이 대립이 아닌 상호 보완의 관계로 양자 모두 긍정되는 그러한 정신

세계를 일구어냄으로써 인도 못지않게 비범한 경지에 도달했다. 극단적인 요구를 내세우는 인도의 금욕적 지혜가 청교도적인 젊은이라면, 옛 중국의 지혜는 분별력과 유머를 겸비한 노회한 어른이었다. 경험 때문에 좌절하지도 잘 안다고 무례히 굴지도 않는 그런 어른 말이다."(산문 「세계문학도서관」, 1927)

헤세의 사상적 체계에서 니체(Friedrich Wilhelm Nietzsche, 1844~1900)가 준 영향도 상당하다.

니체는 우리가 직면하고 있는 고독과 불안은 병적인 현상이 아니라 인간 본래적인 모습을 찾을 수 있는 실존적 기회라 주장하였고 그를 위해 노력한 철학자다. 헤세 또한 자신의 삶 자체가 이런 모습을 갖고 있었던 만큼 니체의 철학이 그에게 준 영향은 컸다고 할 수 있다. 그뿐만 아니라 헤세는 키에르케고르 등 실존주의 철학자나 쇼펜하우어 등 허무주의 철학자에게도 관심이 많았다.

니체는 『차라투스트라는 이렇게 말했다』를 통해 기존의 기독교적인 삶을 그 자체로 긍정함으로써 인간 자신이 삶의 비약을 통해 스스로의 구원이 가능하다는 것을 기술하려 했는데, 헤세 역시 소설이나 삶을 통해서 그런 자세를 지키려 애썼다.

제9장
헤르만 헤세 가상 인터뷰

0. 인터뷰에 앞서

지난 2019년은 소설 『데미안』이 출간된 지 꼭 100년을 맞은 해다. 그에 발맞추어 다양한 판본의 『데미안』이 출간되었고, 지금도 지속적인 인기를 끌고 있다. 지난해에는 한 방송사의 책을 읽어주는 프로그램에서 『데미안』이 소개되어 관심을 받기도 했다.

헤르만 헤세를 좋아했던 기자 출신인 나로서는 헤르만 헤세는 꼭 만나보고 싶은 인물이다. 이 책을 쓰기 위해 그와 관련된 글을 읽고, 자료를 찾으면서 다양한 생각을 갖게 됐다.

그래서 그를 인터뷰해보기로 마음먹었다. 1962년에 영면했으니, 거의 60년이 되어가는 지금, 그는 자신에 대해 그리고 이후에 펼쳐진 세계에 대해 어떻게 생각할까. 그것이 궁금했다.

그래서 내 나름대로 그를 불러내봤다. 당연하지만 이것은 100% 가상의 인터뷰이다. 그의 몸은 비록 59년 전에 영면에 들었지만, 그의 영혼은 소설과 시, 그림으로 이 시대와 이 시대의 독자들과 끊임없이 소통하면서 많은 영향을 주고 있지 않은가.

삼 일 동안 그와 나눈 인터뷰, 그 생생한 이야기 속으로 들어가보자.

1. 헤르만 헤세와의 삶

조창완(이하 기자): 젊은 시절부터 작가님을 좋아했던 팬으로서 이렇게 인터뷰를 하게 돼서 큰 영광입니다. 지난 2019년은 작가님의 소설 가운데 가장 많이 알려졌고 사랑받는 『데미안』이 출간된 지 100년을 맞는 해였고, 올해는 동양에서 중시하는 한 갑자, 즉 돌아가신 지 60년을 맞는 해이기도 합니다. 작가님의 오래된 팬이긴 하지만 솔직히 작가님의 소설을 온전히 이해하지는 못합니다. 작가님의 작품들의 바탕이 되는 사상이나 묘사가 워낙 깊기 때문이겠죠. 그래서 오늘의 인터뷰는 우리나라 중·고등학교 수준에서 이해될 만큼 쉽게 해주셨으면 좋겠습니다. 먼저 독자들에게 인사를 부탁드립니다.

헤르만 헤세(이하 헤세): 한국의 독자 여러분, 반갑습니다. 제 소설을 보시면 알겠지만 저는 중국이나 일본 등 동양에 대한 호감이 많습니다. 제 작품 속에서 동양에 대해 어떻게 묘사했는지를 살펴보시면 금방 아실 겁니다. 한 가지 제가 살아 있을 때, 한국을 제대로 보지 못한 것이 아쉽습니다. 요즘 한국은 문화나 예술, 음악 등모든 면에서 상당히 흥미로운 나라입니다. 차츰 이야기하겠지만그런 점에서 한국의 팬들이 저를 찾아주신 것을 기쁘게 생각합니다. 저도 한국의 중학생들이 얼마나 충동적이고, 열정적이고, 활기찬지를 알고 있습니다. 한국의 독자들이 재밌게 들을 수 있도록, 기자님 말씀대로 가급적 쉽고 즐겁게 답변을 드리도록 하겠습니다.

기자: 작가님께서 그리 말씀해주시 한결 마음이 놓입니다. 아시겠지만 지난해 한국의 영화 '기생충'이 비영어권 영화에서는 처음으로 아카데미 작품상을 수상했습니다. 혹시 그 영화 보셨습니까?

헤세: 봤지요. 저로서는 매우 흥미로운 영화였습니다. 우선 계급갈등, 사회적 불평등, 경제적 불평등이라는 주제 의식이 흥미로웠습니다. 한 영화에 자연스럽게 그런 내용을 녹여낸다는 게 결코 쉽지 않은데, 훌륭한 감독이라고 생각합니다. 저 역시 시인이자, 화가로 활동했는데, 봉준호 감독도 저랑 비슷한 종합 예술가라고 생각합니다. 듣자 하니 그의 외할아버지가 저보다 서른두 살 어리지만, 저랑 비슷한 시기에 활동한 소설가 박태원(1909~1986)이란 것도흥미로웠습니다. 그의 대하소설 『갑오농민전쟁』이 가진 무게가 크다고 알고 있습니다.

기자: 한국 문화에 이렇게 관심을 갖고 계신지는 미처 몰랐습니다. 인터뷰 1부는 작가님의 삶에 관한 것이니 자연스럽게 질문으로 이어질 수 있을 것 같습니다. 작가님의 외할아버지도 그렇고, 집안이 동양과 인연이 깊은 것으로 알고 있습니다.

헤세: 그렇습니다. 외할아버지 헤르만 군더르트는 저명한 인도학자이자 선교사였습니다. 저희 아버지 요하네스 헤세도 인도에서 선교사 생활을 했고 인도와 중국의 철학 및 정신세계에 평생 몰두했습니다. 어릴 적부터 기독교와 더불어 인도의 종교와 정신을 배웠고, 공자나 노자, 장자 같은 중국 철학을 자연스럽게 접했습니다. 어릴 적부터 동양 사상을 접하다보니, 다른 사람들과 달리 제국주의적 관점을 극복할 수 있었습니다. 또 아는 만큼 보고, 보는 만큼 느낀다는 말이 있는데, 알면서 보다보니 더 깊이 보려 했고, 조금은 더 애정을 갖고 본 것 같습니다.

기자: 작가님께서 성장하던 시기만 해도 제국주의적 관점이 팽배했는데, 역시 놀랍습니다. 그런 관점에 대해 지금은 어떤 생각이십니까?

헤세: 전혀 바뀌지 않았습니다. 동양을 처음 여행한 1911년은 중국에서 신해혁명이 일어난 시기였고, 신문을 통해 봤기 때문에 잘 알고 있었습니다. 그때 말레이시아 페낭을 거쳐, 싱가포르까지 갔다가 귀국했습니다. 당시 수에즈 운하를 지날 때 만난 조그맣고 우아한 중국인은 얼굴에 미소가 떠나지 않았고, 놀랍게도 『시경』

을 통째로 암송하더군요. 함께 배에 탔던 영국인이나 프랑스인 모두 동양은 지배 대상일 뿐이라고 이야기했지만, 저는 생각이 달랐습니다. 페낭이나 싱가포르에서 중국인들을 만나면서 저는 제국주의적 관점으로 동양을 보는 게 얼마나 어리석은 일인지 직접 체험할 수 있었습니다. 실제로 지금 동양이 세계 문화에서 하는 역할을 보면 제 생각과 관점이 틀리지 않았다고 생각합니다.

기자: 작가님과 인터뷰를 하면서 작가님의 어린 시절 이야기를 빼놓을 수는 없을 겁니다. 워낙 유명한 경험이고, 소설을 통해서도 독자들은 끊임없이 그 시기의 작가님을 만나야 하니까요. 우선 마울브론 신학교를 그만두신 가장 큰 이유는 뭔가요?

헤세: 사실 그때의 경험이 제 인생에서 가장 큰 자산일지도 모릅니다. 제가 마울브론 신학교에 입학한 것이 14세인 1891년이었습니다. 그 당시 주변에서 어린 저를 수재로 여겼고, 전국 2등이라는 성적으로 신학교에 합격했으니 어린 마음에 얼마나 뿌듯했겠습니까. 그런데 막상 마울브론 신학교에 들어가서 공부를 해보니, 제 길이 아니라는 생각이 들었습니다. 정형화된 엘리트 신학 교육이나 사관 교육이 저에게 맞지 않았던 거죠. 요즘 한국 중학생들이 갖는 고민을 저도 가졌던 것 같습니다. 결국 7개월 만에 포기했지요. 시를 쓰겠다는 핑계를 대기도 했지만, '포기'라는 단어가 가장 맞을 겁니다. 그렇다고 인생을 포기했다는 것은 아닙니다. 세상이 만들어놓은 교육의 길이 싫었던 겁니다. 솔직히 말하면 그때 이미 저는 머리가 컸지 않았나 생각합니다. 학교가 시시했다고나 할까요. 또

일단 흥미를 잃으니, 무척이나 까다로운 학교 과정을 따라가기도 쉽지 않았습니다. 마울브론 신학교 교과 과정이란 게 놀면서 할 수 있는 공부는 아니거든요.

기자: 비교할 수 없겠지만 저도 고등학교 시절이나 이후에도 공부의 방향에 대한 실패가 많아서 공감 가는 부분이 많습니다. 작가님께서는 신학교와 김나지움을 끝으로 지금 우리나라로 치면 중졸 학력 인증 검정고시에 합격한 게 학력의 전부라고 할 수 있지요. 그리고 시계공이나 서점 점원 등 직업 세계를 경험하기도 하셨는데요, 이때는 어땠습니까?

헤세: 그렇습니다. 정규 학교 교육을 받지 못한 셈이지요. 말씀드렸듯이 교육이든 일이든 수동적으로 따라가는 것은 저에게 맞지 않았습니다. 김나지움도 일종의 제도권 교육이니 따라가야 했습니다. 시계공이나 서점 일도 틀에 짜인 교육과 활동을 요구합니다. 반면에 제 머리 안에는 일찌감치 시나 소설 등 문학이 깊게 자리했습니다. 18세 때 첫 시집을 냈고, 소설도 쓰기 시작했습니다. 차츰 이름이 알려지면서 26세인 1903년에 서점을 그만두었고, 27세 때 출간한 『페터 카멘친트』가 인기를 끌면서 전업 작가의 길을 갈 수 있었습니다.

기자: 그렇군요. 1902년 25세 때 어머님께서 돌아가셨지요? 작가님께 어머님은 어떤 분이셨습니까? 작가님 소설에 어머니에 대한 부분은 그리 많지 않은 것으로 알고 있습니다만.

헤세: 어머니 마리아 헤세는 오랫동안 병으로 고생하셨습니다. 골연화증으로 무릎이 아파서 걷기 힘들어하셨고, 병세가 심해지자 2년간은 침대에 누워계셔야 했습니다. 그 뒤로도 신장병 때문에 고통스러워하셨습니다. 어머니는 제가 하는 행동에 대해서 이해하지 못했습니다. 첫 시집 『낭만적인 노래들』이 나왔을 때도 사랑 묘사 등이 순수해 보이지 않는다면서 신을 찾으라고 하셨지요. 하지만 돌아가시고 나니 어머니가 그립기도 했습니다. 시(「높은 산속의 저녁」)나 산문(『헤르만 라우셔가 남긴 시와 글』)에서 그런 어머니상을 그려보기도 했습니다. 『데미안』의 에바 부인도 만들어내고 싶었던 어머니 모습 중 하나라고 할 수 있습니다.

기자: 아버지께서는 좀 더 오래 사셨지요. 『수레바퀴 아래서』를 보면 아버지에 대해 불만도 많으셨던 것으로 보입니다. 아버지에 대한 작가님의 소회를 말씀해주신다면?

헤세: 아버지도 유별난 저 때문에 고생이 많으셨을 겁니다. 하지만 그때는 저도 아버지를 생각할 겨를이 없었습니다. 선교사였던 아버지는 저에게 좀 더 강한 종교관을 요구했습니다. 하지만 소설 속에서 제가 보여주는 종교관을 보시면 아시겠지만 다를 수밖에 없었습니다. 아버지는 제가 39세 되던 1916년에 돌아가셨습니다. 그때는 저도 결혼하고, 세 아들의 아버지가 되었을 때입니다. 한국의 한 시인도 "묻지도 말아라, 내일 날에 / 내가 부모 되어서 알아보랴?"(김소월, 「부모」)라고 말했다지요. 꼭 아버지가 돌아가셔서만

은 아니지만 그때부터 저는 정신 질환을 앓기 시작했습니다. 그 후로 오랜 시간 고통을 받았지만, 쉰 살이 넘어가면서부터는 좀 나아졌습니다.

기자: 이제 좀 예민한 질문을 해야 할 것 같습니다. 작가님의 결혼 생활은 평탄하지 않았던 것으로 보입니다. 27세에 마리아와 결혼하여 세 아들을 낳은 후 46세에 이혼하셨지요. 다음 해 루트 벵거와 재혼했지만 4년 만에 헤어지고, 이후 54세 때는 니논 돌빈과 세 번째 결혼을 하셨습니다. 이후 두 분의 결혼 생활도 쉽지만은 않았던 것으로 알고 있습니다만.

헤세: 대답하기 참 곤란한 질문인데, 피할 수는 없겠지요. 저는 본래 이성에 대한 관심이 많은 사람입니다. 열다섯 살 때 연상의 엘리제에게 반했지만 실연당하고 그 충격으로 자살을 시도하기도 했습니다. 이후에도 이성에 대한 관심은 식지 않았습니다. 그러다가 스물일곱 살 때 마리아와 결혼했습니다. 마리아는 저보다 아홉 살 연상으로 훌륭한 여자입니다. 하지만 결혼이라는 제도가 저를 옥죄는 것 같아서 신혼 때부터 집을 떠나 있는 시간이 많았습니다. 남편이 바깥으로 떠도는 동안 마리아는 자신의 꿈도 미룬 채 세 명의 아이를 낳고 기르느라 힘들었을 겁니다. 하지만 저는 천성적으로 한 곳에 정착하는 것을 못 견뎠습니다. 그러는 과정에서 저의 작품을 좋아하는 팬들을 비롯해 여러 이성들도 만났습니다. 그들과 육체적 관계도 있었지만, 그런 만남들도 편치 않았습니다. 아버지가 돌아가시고, 시간이 지날수록 아이들의 심리적 불안이 심

해지자 집에 있는 게 더 불편하고 거추장스럽게 느껴지기도 했습니다. 게다가 사이비적 성격이 강한 심리 치료를 하는 요하네스 놀이 끼어들면서 마리아와의 사이는 더 복잡해졌습니다. 이런 일들이 겹치면서 서로 지쳐갔고 결국 합의 이혼을 한 것이지요. 반면 루트 벵거나 니논 돌빈은 저보다 많이 어려웠습니다. 무엇보다 전쟁 등 수많은 상황이 겹치면서 제 삶이 너무 불안정해서 원만한 가정을 이루기 힘들었던 것 같습니다.

기자: 그래도 말년에는 아들들과 손자, 손녀를 무척 사랑했던 것 같습니다. 조금은 가정적으로 바뀌신 것도 같고요. 어떤 계기가 있었습니까?

헤세: 아마 1930년 『나르치스와 골드문트』를 발표하고부터 조금씩 안정을 찾기 시작했던 것 같습니다. 또 이듬해 몬타뇰라의 집에 정착하면서 브레히트, 토마스 만 등 좋은 친구들이 찾아온 것도 마음의 안정을 찾는 계기가 됐습니다. 이때는 아들들도 제법 커서 제가 사는 곳에 찾아오면서 부자간의 정도 느끼기 시작했습니다. 1941년에는 하이너가 결혼해 며느리도 생기고 손자도 생기면서 자연스럽게 가족 간의 정을 느끼기 시작했습니다. 마리아도 허물없이 대해 주어서 만년에는 편하게 가족을 대할 수 있었습니다.

기자: 작가님께서는 인생에서 두 번의 큰 전쟁을 겪으셨습니다. 1914년에는 제1차 세계대전이, 1939년에는 제2차 세계대전이 있었지요. 두 전쟁이 작가님께 미친 영향은 무엇이었습니까?

헤세: 전쟁이 저에게 준 영향은 단순하지 않습니다. 우선 전쟁의 밑바탕에는 인간의 불평등과 탐욕, 권력욕이 있다는 것을 알기 때문입니다. 그 시기에 다양한 글을 통해 전쟁을 반대했지만 제 힘은 미미했습니다. 『데미안』 등을 통해서 더욱 단단한 인간상들이 만들어져야만 전쟁 같은 비극을 피할 수 있다는 것을 보여주려고 했지만, 오히려 독일 국민들에게 미움을 사는 일도 많았습니다. 제 나이 62세 때 벌어진 제2차 세계대전은 더 처참했습니다. 종교는 물론 민족적 갈등까지 정치의 수단으로 사용됐고, 최악의 인간 파괴가 일어났습니다. 저도 지식인으로서 끝까지 대항하려 했지만 한계가 있었습니다. 그렇다면 전쟁이 일어나지 않게 하는 힘은 무엇일까요? 제 문학의 정신 중 하나로 '상대를 인정하고, 배려하는 사상적 융합'이 있습니다. 이게 있다면 전쟁은 다시 일어나지 않을 거라 생각합니다. 『데미안』에 공감한다면, 『유리알 유희』에 공감한다면, 그런 사람들이 전쟁옹호론자가 되기는 어렵지 않을까요?

기자: 작가님 말씀에 전적으로 동의합니다. 짧은 시간이었지만 작가님의 삶을 직접 설명해주시니, 한결 작품들이 더 가깝게 다가오는 것 같습니다. 작가님의 삶에 대한 오늘의 인터뷰 중 마지막 질문을 드리겠습니다. 죽음에 대한 말년의 생각은 어떻습니까?

헤세: 작가로서 과분한 사랑과 인정을 받았습니다. 제가 작가로 사랑받을 수 있었던 것은 고귀한 이상 때문이 아니라, 타고난 성향과 재능 덕분이라고 생각합니다. 그 덕분에 노벨상도 받았으니 남

들이 부러워 할 명예도 얻었지요. 돌아보면 시와 그림, 소설로 수많은 사람들과 소통할 수 있었고 행복한 삶이었습니다. 그런 사람에게 죽음은 큰 의미가 있을 수 없습니다. 열다섯 살의 한스로 죽지 않고, 여든다섯 살의 헤세로 죽게 해준 하늘에 감사할 뿐입니다.

기자: 정말 소중한 말씀 잘 들었습니다. 다음 인터뷰 '헤세의 소설' 편에서 뵙겠습니다.

2. 헤르만 헤세의 소설

기자: 잘 쉬셨는지요? 오늘은 작가님의 소설을 중심으로 이야기를 나눠보려 합니다. 작가님의 소설은 한국에도 대다수가 번역되어 있습니다. 『데미안』의 경우 이미 출간된 판본만 해도 20종이 넘습니다. 다른 책들도 마찬가지이고요. 그 어렵다는 『유리알 유희』도 제가 아는 것만 10여 종이 넘습니다. 한국 독자들에게 한 말씀 해주시지요?

헤세: 제 기억 속에 한국은 전쟁을 치르는 등 근대사의 비극을 가장 깊게 경험한 나라입니다. 그런 한국 독자들이 제 소설을 좋아하는 것은 그만큼 사상에 대한 갈증과 치유에 대한 갈구가 있기 때문이라고 생각합니다. 오늘 인터뷰를 통해 한국 독자들이 저에 대해서 조금이라도 더 쉽게 다가설 수 있는 계기가 됐으면 합니다.

기자 : 작가님께서는 발표하신 소설만 해도 어마어마합니다. 이번에 제가 따로 다루지는 않았지만, 선생님의 처녀작을 『페터 카멘친트』로 보는 게 맞겠지요? 원래 시인을 꿈꾸셨는데, 소설의 세계로 들어서신 이유는 무엇입니까?

헤세 : 『페터 카멘친트』는 제가 스물일곱 살이던 1904년 2월에 출간한 처녀작이 맞습니다. 처음에는 시를 썼지만, 시는 이야기를 전달하는 데는 한계가 있을 수밖에 없었습니다. 전업 작가로 가는 데도 한계가 보였고요. 그리고 심오한 시어를 고민하기에 앞서 그 전에 나 스스로를 들여다보는 게 더 중요하다고 생각을 했습니다. 그 방편으로 택한 게 바로 소설입니다. 『페터 카멘친트』는 산골 소년이 도시로 떠나 그곳에서 만난 사람들과의 경험을 통해 시인으로 성장하는 내면의 발전 과정을 그린 소설입니다. 소설이기도 했지만 알프스의 자연환경 등 제가 생각하는 자연에 대한 묘사도 많아서 시를 크게 벗어나지 않은 소설이기도 합니다. 이 소설로 상도 받으면서 자신감을 얻기도 했으니, 저에게는 큰 의미가 있는 소설이라고 할 수 있습니다.

기자 : 이번에는 어쩌면 민감할 수도 있는 질문을 하나 하려고 합니다. 한국 독자들 가운데는 작가님의 작품이 대부분 유사한 패턴을 가지고 있는 것에 불만을 가진 이들도 있습니다. 그 구조가 대부분 '소년의 방황과 갈등, 성장, 그리고 이성의 이야기'라는 겁니다. 그리고 나중에는 '이성과 감성의 대립에 의한 극복'이라는 패턴을 반복하고 있다는 거죠. 이런 지적에 대해 어떻게 생각하시는지요?

헤세: 충분히 공감할 수 있습니다. 『페터 카멘친트』에서부터 소년이 학문과 예술을 만나고, 사랑과 우정, 그리고 죽음을 체험하면서 극복해가는 모습을 띠고 있으니까요? 그런데 삶의 이야기에서 이걸 벗어나기도 쉽지 않습니다. 그게 인생이고 이야기니까요. 제 소설도 나이에 따라, 경험에 따라, 주제 의식에 따라 사실은 큰 차이가 있습니다. 그러니 저의 어느 소설을 읽든, 그 소설에만 집중한다면 충분히 흥미로울 겁니다. 줄거리를 떠나서 저는 한 문장 한 문장을 통해 사유할 수 있는 길을 보여주려 혼신의 힘을 다했습니다.

기자: 민감한 질문 하나만 더 드리겠습니다. 작가님의 소설을 통해 드러난 작가님의 여성관에 대해서도 불만을 가진 이들이 제법 많습니다. 대부분 스테레오 타입이고, 인간적인 교류도 느껴지지 않고, 성적인 대상으로만 본다는 의견도 많습니다. 특히 『유리알 유희』에서는 아예 여성이 거의 등장하지 않는 남성 소설이라는 비판도 있습니다. 이 부분에 대한 작가님의 입장을 말씀해주신다면?

헤세: 그렇게 보일 수 있을 겁니다. 『데미안』의 에바 부인을 제외하고는 대부분의 여성이 단순한 인간형으로 그려져 있다는 것을 부인하지는 않습니다. 언젠가 "나의 사상이나 예술관 때문에 내 인생에서, 혹은 여성들과의 관계에서 종종 어려움에 봉착한다. 나는 사랑을 부여잡을 수도, 인간을 사랑할 수도, 삶 자체를 사랑할 수도 없다"고 말한 적도 있습니다. 사실 어머니가 병상에 오랫동안

누워 계셨기 때문에 어머니의 정을 받을 기회가 없었던 것도 원인이 아닐까 합니다. 그러다가 아홉 살 연상인 마리아 베르누이를 만나서 결혼하고, 곧바로 아이 셋이 태어났습니다. 마흔이 넘어가서는 성적 장애에 대한 두려움도 있었습니다. 그러다보니 소설에서 제대로 된 여성상을 그리기 힘들었던 것 같습니다.

기자: 부담스러운 질문들인데 흔쾌히 답변해주셔서 감사합니다. 개인적으로 제가 처음 접한 작가님의 소설은『수레바퀴 아래서』입니다. 너무나 인간적인 소년 한스에게 빠지기도 했지만, 작가님에게 빠지게 된 그런 소설입니다. 작가님의 십 대 후반의 삶과 소설이 너무 닮아 있는데, 자전적 소설로 봐도 되는 것이겠죠?

헤세: 신학교 이야기부터, 기계공이 되는 이야기만 봐도 제 이야기라는 것은 누구나 알 수 있습니다. 사실 저는 죽을 때까지 다양한 콤플렉스를 갖고 있었습니다. 가장 대표적인 게 '어릴 적 신학교를 선택했다가 포기한 것'입니다. 신학교를 포기한 후 제가 더 이상 학교를 선택하지 않은 것은 사실 내 스스로 배우는 게 더 낫겠다는 확신 때문이었습니다. 저로서는 책을 통해 철학을 배우고, 문학의 세계를 배우면 충분했습니다. 시 또한 자연과의 소통을 통해 나오는 것이니, 그런 환경으로 가면 되었죠. 그러니 학교를 찾아갈 이유가 없었습니다. 다만 제가 7개월밖에 다니지 않았지만 마울브론의 헬라스방에 대한 기억은 너무 선명합니다. 제가 만난 가장 치열한 사람들의 공간이었습니다. 그래서 두 번이나 그곳을 찾아가기도 했습니다. 작가의 글은 그 작가의 삶과 맞닿아 있을 수밖에 없

는데, 저라고 예외는 아니겠지요.

기자: 작가님의 또 다른 한 축은 예술 소설이라고 할 수 있을 것 같습니다. 음악 소설이라고 할 수 있는 『게르트루트』, 그림 소설이라 할 수 있는 『로스할데』, 『황야의 이리』 등 예술적 성격이 강한 소설들이 그 예라고 할 수 있겠습니다. 작가님께서는 화가이기도 하셨는데, 예술을 문학에 접목시킨 특별한 의미가 있는지요?

헤세: 어떤 소설이 되었든, 제 소설에서 음악은 기본 소재입니다. 그림의 경우도 제가 직접 그리기도 했지만, 화가들과의 교류가 많다 보니 자연스럽게 그 세계에 관심을 가지게 됐습니다. 저는 소설가들이 더 많은 예술적 수혜를 받을수록 글이나 스토리 구성에서 깊이가 생겨난다는 생각입니다. 역사나 문화사도 물론 그 바탕이 되기도 합니다.

기자: 한편 작가님의 소설 중에는 여행을 소재로 한 것이 많습니다. 『크눌프』나 『나르치스와 골드문트』 등도 방랑 이야기가 바탕에 있습니다. 작가님의 연보를 봐도 한 집에서 오래 거주한 적이 거의 없습니다. 얼핏 보면 '집을 싫어하셨나?' 하는 생각이 들 정도입니다. 물론 만년에는 먼 여행은 가지 않으셨습니다만. 이에 대해 어찌 생각하시는지요?

헤세: 타고난 역마살이 있는 건 맞습니다. 여행을 좋아합니다. 제가 쓴 산문에도 "여행의 시학은 일상적인 단조로움, 일과 분노로부

터 휴식을 취하는 데에 있는 것이 아니라 다른 사람들과 우연히 함께하고, 다른 광경을 관찰하는 데에 있다. 새로 획득한 것의 유기적인 편입에, 다양성 속의 통일성과 지구와 인류라는 큰 조직에 대한 우리의 이해 증진에, 옛 진리와 법칙을 전적으로 새로운 상황에서 재발견하는 데 있다"(산문 「여행과 소풍」)라고 했는데, 이는 여행에 대한 제 생각을 잘 정리한 말이라고 할 수 있습니다. 젊은 날의 인도 여행이 없었다면, 『싯다르타』가 쓰여지기 어려웠을 것이고, 『유리알 유희』의 소재도 훨씬 빈약해졌을 것입니다. 문학을 꿈꾼다면 그만큼 더 멀리 더 자주 더 많은 여행을 떠날 것을 권합니다.

기자: 여행에 대한 작가님의 열정이 느껴지는 답변 고맙습니다. 이번에는 다른 질문을 드리겠습니다. 작가님의 소설 전반에서 동양에 대한 것들이 무척 많이 다루어지는데요. 『싯다르타』는 물론이고, 『유리알 유희』에서 명인이 된 크네히트가 처음 하는 축제의 주제도 중국이었습니다. 그런 배경을 좀 이야기해주십시오.

헤세: 아시겠지만 제가 이름을 물려받은 외할아버지나 아버지 모두 중국이나 인도 문화에 조회가 깊었습니다. 서가에는 동양에 관한 다양한 책들이 많았습니다. 또 독일 철학에는 중국 철학에서 벤치마킹한 것들이 많은데, 그러다보니 자연스럽게 중국, 인도 철학이 제 생각의 바닥에 있었던 것입니다. 그리고 처음 동양 여행(스리랑카, 페낭, 싱가포르 등)을 했을 때의 인상도 영향을 미쳤을 겁니다. 그곳에서 만난 중국인이 문화적 깊이는 꽤 충격적일 만큼 인상적이었습니다. 또 『장자』 등의 이야기도 너무 인상적이었습니

다. 『유리알 유희』에서 쓴 크네히트의 자서 중 마지막 이력서는 동양 고전의 '남가일몽'(南柯一夢)에서 따온 것을 쉽게 아실 수 있을 겁니다.

기자: 지난해 출간 100년을 맞은 『데미안』은 한국에서 가장 사랑받고 있는 소설 중 하나입니다. 그런데, 그 안에 나오는 카인과 아벨 이야기는 물론이고 데미안이라는 인물이 '악마'를 뜻하는 데블(Devil)을 연상시킨다는 말까지, 작가님의 신관을 문제 삼는 사람도 있습니다. 우리 젊은 독자들에게 이 소설을 읽기 전에 해주실 당부의 말씀이 있을까요?

헤세: 그런 오해를 받을 수 있다고 생각합니다. 하지만 이 소설은 그런 이야기는 아닙니다. 소설에서 제시하는 선과 악의 세계를 주목해보시기 바랍니다. 세상은 절대적인 선과 악이란 없습니다. 또 악이 있기 때문에 선이 드러날 수 있습니다. 음이 없는데, 양인들 생기지 않지요. 사람들이 사회를 볼 때도 절대적으로 선과 악을 구분하는 건 위험합니다. 오히려 두 세계를 오가면서 세상은 진행되어갑니다. 악함도 있지만 그보다 선한 의지가 잘 작동하면 사회는 바른 방향으로 발전합니다. 제가 이 소설을 쓴 것이 제1차 세계대전 시기였고, 발표는 전쟁이 끝날 무렵이었습니다. 사람들은 전쟁으로 가는 과정을 반성하지 않고, 서로 자신들이 옳다고 고집했습니다. 그런 문제가 풀리지 않으면서 나치당이 태어났고, 제2차 세계대전과 홀로코스트 같은 문제도 생겼습니다.

기자: 그렇군요. 마지막으로 『유리알 유희』에 대해 묻지 않을 수 없네요. 참 어려운 주제고, 쉽지 않은 도전이라고 생각합니다. 이 소설은 워낙에 다양한 사상과 예술이 섞여서 제대로 읽기가 쉽지 않습니다. 좀 쉽게 읽는 방법은 없을까요?

헤세: 나이가 젊은 층이 읽기에는 정말 쉽지 않은 소설일 겁니다. 그 안에 나오는 개념들의 틀조차 잡기가 쉽지 않을 것입니다. 다만 『싯다르타』, 『나르치스와 골드문트』 등 그 이전의 소설들을 읽었다면 상대적으로 읽기가 쉬울 겁니다. 좀 길지만 그렇게 한 단계, 한 단계 밟아오는 게 좋습니다. 『유리알 유희』를 제가 10년에 걸쳐서 썼는데, 너무 쉽게 읽으면 오히려 제가 아쉽지요.(웃음) 또 이야기를 좋아하는 사람이라면 '크네히트의 전기'를 먼저 읽는 게 나을 수 있습니다. '크네히트 전기' 자체가 배울 만한 점이 있고, 갈등 속에서 성장하는 과정은 흥미가 있을 겁니다. 『유리알 유희』가 무엇인지 설명하는 '서문'은 차라리 뒤에 읽어도 됩니다.

기자: 이번에도 긴 시간 인터뷰 감사합니다. 오늘의 인터뷰를 마무리하면서 선생님의 소설을 좋아하는 독자들에게 한 말씀 부탁드립니다.

헤세: 저는 66세 되던 1943년에 『유리알 유희』를 출간하였고 이후 20년을 더 살았습니다. 소설을 쓰던 시기까지가 제 격변의 시간이었다면 그 이후의 삶은 가족들과 더 가까이 지내고, 삶의 안온함을 느끼는 시간이었습니다. 세 번째 아내 니논은 물론이고 첫 아

내인 마리아와도 큰 다툼 없이 세상을 관조하는 시간이었습니다. 소설을 통해 독자들에게 그 격정의 시간만 보여드린 것 같아서 죄송한 마음도 있습니다. 하지만 제가 작가로서 할 수 있었던 마지막 작업까지 최선을 다했다고 자부합니다. 독자 분들도 격정의 독서 이후에는 더 평안함이 깃들기를 기원합니다.

3. 헤르만 헤세가 읽는 '지금'

기자: 오늘의 인터뷰는 좀 뜬금없게 생각하실 수 있지만, 지금처럼 복잡한 시대에는 작가님처럼 인생을 폭넓게 풀어낼 수 있는 분께 이야기를 듣고 싶은 것도 사실입니다. 작가님께서 돌아가신 지 60년이 다 되어갑니다만, 하늘에서 지금까지 지상의 상황을 잘 보고 계셨을 테니, 이해에 큰 어려움은 없으시리라 생각합니다. 그냥 생각하시는 것을 편안하게 답변해주시면 감사하겠습니다. 그런데 이런 인터뷰를 해본 적이 있으신가요?

헤세: 하늘에서 지상으로 소환되어 이렇게 인터뷰를 한다는 것을 지금까지 한 번도 생각해본 적이 없습니다. 흥미롭기는 하네요. 제가 태어난 것이 1877년이니 그로부터 143년이 지났고, 죽은 해로부터는 59년이 흘렀습니다. 하지만 시간에 상관없이 인간의 고민은 큰 차이가 없는 것 같아서 인터뷰는 그다지 어려울 것 같지 않

습니다. 편안하게 질문하셔도 됩니다.

기자: 흔쾌히 응해주셔서 감사합니다. 가장 궁금한 것은 작가님께서 작고하시고 나서, 구소련이 붕괴되고 동서 냉전시대도 끝이 났습니다. 이후에는 미국이 세계 맹주가 되어 지금까지 이어져오고 있습니다. 물론 최근 십 년 사이 중국이 미국에게 위협이 될 만큼 강한 국가로 성장했습니다만. 이에 대한 소회가 있으신지요?

헤세: 그다지 놀라운 일은 아닙니다. 서구는 산업혁명이나 과학혁명을 통해 힘을 축적한 후 제국주의 시대를 열었습니다. 19세기가 시작할 때까지만 해도 세계 GDP의 30%를 차지하던 중국은 종이호랑이로 전락했고, 서구 세력에 유린당했지요. 그런 중국이 공산주의를 도입하고 중체서용(中體西用)을 통해 세계의 공장으로 거듭나게 된 것은 신기한 게 아닙니다. 저는 첫 여행부터 중국이라는 국가가 가진 사상의 크기나 정신문명의 크기를 충분히 봐왔기 때문입니다. 반면에 서구의 자본주의는 '신자유주의'라는 명목으로 빈부 격차를 키우며 스스로 위기를 초래했습니다. 물론 EU를 통해 과거 세계대전 같은 전쟁의 위협은 적어졌다고 하지만, 히틀러 같은 돌발 변수는 언제든 나타날 수 있습니다. 중국도 근대를 지나면서 문화대혁명 등 혼란을 겪긴 했지만, 인문적 뿌리는 뽑힐 수 없었지요. 제가 페낭이나 싱가포르에서 만났던 쿨리(중국 노동자)들의 부지런함을 가지고 있다면 언젠가는 다시 일어설 것을 진즉에 알고 있었습니다. 모쪼록 중국이 그 본래의 덕성을 잃지 않고, 군림하지 않는 민족이 됐으면 합니다.

기자 : 역시 중국에 대해서는 무척이나 긍정적인 관점을 갖고 계시군요. 그런데 작가님께서 당시에 보았던 중국과 지금의 중국은 많은 차이가 있습니다. 작가님의 생각 혹은 느낌은 어떠신지요?

헤세 : 중국은 유가의 체계화된 규범주의와 노장의 상상적 낭만주의가 잘 결합된 사상적 체계를 갖고 있습니다. 제가 『유리알 유희』에서 크네히트가 명인이 된 후 실시한 첫 축제를 <중국 건축의 유희>로 설정한 것은 그 이유 때문입니다. 중국은 가옥의 구조나 제의 등 모든 면에서 풍부한 상상적 요소를 담고 있습니다. 그것을 소설에 표현하고 싶었습니다. 하늘에서 지금까지 제가 쭉 지켜보았는데, 지금의 중국은 '세계의 공장'을 넘어서 '세계의 시장'으로 바뀌어가고 있더군요. 지금의 중국은 열린 자세로 서구를 보고 배우려 하는데, 서구는 여전히 오리엔탈리즘으로 중국을 보려고 합니다. 중국 엘리트 중에 몇 %가 영어를 구사할까요? 서구 엘리트 그룹의 몇 %가 중국어를 구사하고 있는지 모르겠네요. 문화는 그것을 받아들이는 이들이 더 다양성을 갖고, 확장성도 높아지는 게 일반적입니다. 물론 중국도 문화대혁명으로 인해 고대 사상이 온전하게 전승, 발전하지 못했고, 지나치게 빠른 자본주의의 도입으로 면면히 이어온 중국 정신이 좀 혼란스러운 측면이 있습니다. 놀라운 것은 중국 사람들은 이것을 문제가 아닌 자연스러운 음양의 조화라고 보고 있다는 것입니다.

기자: 작가님의 이런 생각이 통했던 것일까요? 지금 독일의 중국

교류는 상당히 성공적입니다. 폭스바겐의 자동차 진출이나 메르켈 총리의 중국 외교도 상당히 안정적인 것 같습니다. 그 원인이 무엇일까요?

헤세: 독일 철학자를 대표하는 쇼펜하우어나 니체, 칸트, 헤겔 등은 동양 사상에 대한 이해가 높고 또 상당한 수혜를 받으며 학문의 체계를 세웠습니다. 그래서 동양에 대한 선입견이나 편견이 적습니다. 특히 아돌프 히틀러 시대를 반면교사로 삼아 인종이나 민족에 대한 선입견을 최소화한 것도 중국을 공정하게 본 계기가 되었을 것입니다.

기자: 요즘 세계에서 주목받는 것이 4차 산업혁명이라는 개념입니다. 인터넷 혁명으로 대표되는 3차 산업혁명조차 겪지 않으셨는데, 4차 산업혁명에 대해서는 어떻게 생각하십니까?

헤세: 직접 겪지는 않았지만 하늘에서 쭉 지켜본 바에 따르면, 4차 산업혁명은 정보통신기술(ICT)의 융합으로 이뤄지는 '초연결', '초지능', '초융합' 시대라는 것인데, 결국 말 그대로 플랫폼의 변화라고 할 수 있겠지요. 문제는 그 플랫폼의 철학이 무엇이냐에 따라 완전히 달라진다는 것입니다. 만약 그 철학이 '신자유주의'처럼 무한한 경쟁을 통해 승자가 독식하는 것이라면 세상은 또 한 번 혼돈으로 갈 것입니다. 저는 독일이 뒤늦게 제국주의로 가려 해서 벌어진 제1차 세계대전이나 히틀러가 국민들의 이성을 마비시켜 벌어진 제2차 세계대전을 교훈 삼아야 한다고 생각합니다. 중요한

것은 그 플랫폼을 움직이는 철학에 공존이나 배려, 관용 같은 동양의 정신들이 들어가야 한다는 것입니다. 그것이 제대로 이루어질 때 비로소 세계 문화의 안정적 흐름과 발전이 가능할 것입니다. 아, 그러고 보면 한국은 동양에 있지만 서구의 사상을 가장 잘 수용한 나라 중 하나입니다. 지리적으로도 그렇고, K-POP이나 이번 <기생충>의 아카데미 수상에서 볼 수 있듯이 동양과 서양 두 문화 사이를 연결할 수 있는 문화적 역량도 갖고 있고요.

기자: 우리나라에 대해 이렇게 긍정적으로 평가해주시니 감사드립니다. 말씀이 나온 김에 마지막으로 여쭙겠습니다. 현재 한국의 미래가 낙관적인 것만은 아닙니다. 특히 미래를 위협하는 것 중 하나가 저조한 출산율인데요. 현재 한국의 출산율이 0.9까지 떨어져서 심각한 문제가 되고 있습니다. 한국의 출산율이 이렇게 낮아진 원인은 무엇이고, 해결책은 없을까요?

헤세: 저 역시 세 아이의 아빠였지만, 그 역할에 충실하지 못했습니다. 대신에 마리아가 혼자서 양육의 책임을 다하느라 무척 고생을 했습니다. 변명이겠지만 아이들의 병치레가 적지 않았는데, 워낙 예민한 탓에 제가 더 소홀했던 것도 있습니다. 부모가 되는 것은 그만큼 책임이 따르는 힘든 과정입니다. 게다가 지금 세상에서 아이를 낳고 기른다는 것은 훨씬 더 어렵고 힘든 일일 겁니다. 현재 한국은 세계에서 가장 빠르게 변화하고 있는데, 그에 비례해서 젊은이들의 미래에 대한 불안감이 더 커지는 것도 있을 겁니다. 당연히 저출산도 그에 따른 현상 중 하나일 텐데, 문제는 이런 젊은

이에게 출산율을 높이겠다는 정책은 백약이 무효일 수 있다는 것입니다. 그보다는 젊은이들이 안정적으로 생활할 수 있는 사회경제적 구조를 만들어주는 게 좋다고 생각합니다. 그리고 무엇보다 출산율 저하는 현상이고 문제는 출산율 저하에 따른 인구 감소에 있는 것인 만큼 어떻게 출산율을 높일 것인가가 아닌 다른 차원의 해답도 유연하게 찾아볼 필요가 있습니다. 이민자의 적극적인 수용도 한 가지 방법이 되겠지요.

기자: 장시간 인터뷰에 힘드셨을 텐데 끝까지 좋은 말씀 전해주셔서 다시 한 번 감사드립니다.

216

나가는 글

이 책을 처음 쓰겠다고 했을 때, 아내는 말렸다. "우리나라에 헤세 전문가가 얼마나 많은데 그래."

맞는 말이다. 민음사 전집을 번역한 분들 모두가 우리나라에서 내로라하는 헤세 전문가고, 홍성광 번역가는 물론이고 『헤세로 가는 길』을 쓴 정여울 작가 등 좋은 해설자도 적지 않다.

그런데 용기를 낸 것은 나만의 헤세도 한 번 만들어보기 위해서 다. 스무 살 때 방황하던 내가 다시 성장하는 길을 가게 하는 데, 극적인 역할을 한 것이 헤르만 헤세였다. 정확히 말하자면, 헤세를 읽으면서 진정한 고민을 하게 되었고, 헤세를 읽으면서 더 고결한 삶, 더 진솔한 삶이 무엇인가를 배웠다.

그런데 헤세를 체계적으로 만나는 이들은 많지 않다. 대학교 2학년 즈음에 같은 자취집에 살던 선배 형이 나보다 키도 크고, 예쁜 독문과 여학생을 소개시켜줬다. 그녀 역시 헤세의 소설을 제대로 읽지 않았었는데, 나는 어쭙잖은 지식으로 그녀에게 헤세와 독일 철학을 떠벌렸다. 안타깝게 반년도 되지 않아 그녀에게 채였다.

책을 읽지 않는 시대이기도 하지만, 헤세를 만나기는 쉽지 않다. 그래서 짧지만 쉽게 헤세를 만날 수 있는 안내서를 써보고 싶다는 생각을 오랫동안 해왔고 이렇게 용기를 냈다.

최근 한 방송 프로그램에서 『데미안』이 소개되면서 이 책이 적지 않게 팔렸다고 한다. 좋은 계기라고 생각한다. 이 계기를 통해 헤세가 주목받게 되면, 헤세의 다른 소설도 주목을 받을 것으로 생각한다.

내 책 역시 부족하지만 독자 분들이 헤세를 만나는 길로 가는 데 작으나마 도움이 되길 바란다. 비록 최선을 다해 노력했다 해도 사실 관계에서 어쩌면 적지 않은 오류가 있을 것으로 생각된다. 그 책임은 전적으로 필자에게 있음을 밝히고, 오류가 있다면 기꺼이 지적해주시기 바란다. 다만 비전공자가 쓴 책이라는 점을 감안하여 양해해주시길 바란다. 마지막으로 이 책은 헤세가 주는 메시지들을 내 나름대로 해석하는 데 주안점을 둔 책이라는 점도 감안해주었으면 한다. 그럼에도 불구하고 책의 내용에서 비판할 부분이 있다면 언제든 연락 주시기 바란다. 즐겁게 독자 분들과 같이하겠다.

참고 문헌

■ 헤르만 헤세 소설

『수레바퀴 아래서』(김이섭 역 | 민음사 펴냄)

『크눌프』(이노은 역 | 민음사 펴냄)

『데미안』(전영애 역 | 민음사 펴냄)

『클링조어의 마지막 여름』(황승환 역 | 민음사 펴냄)

『싯다르타』(박병덕 역 | 민음사 펴냄)

『황야의 이리』(김누리 역 | 민음사 펴냄)

『나르치스와 골드문트』(임홍배 역 | 민음사 펴냄)

『유리알 유희 1,2』(이영임 역 | 민음사 펴냄)

■ 관련서

『헤르만 헤세의 사랑』(베르벨 레츠 지음, 김이섭 역 | 자음과모음 펴냄)

『헤르만 헤세 시집』(헤르만 헤세 지음, 송영택 역 | 문예출판사)

『헤세의 여행』(헤르만 헤세 지음, 홍성광 역 | 연암서가 펴냄)

『내 삶에 스며든 헤세』(강은교 등 지음, 전찬일 기획 | 라운더바우트 펴냄)

『헤르만 헤세의 독서의 기술』(헤르만 헤세 지음, 김지선 역 | 뜨인돌 펴냄)

『푸른 꽃』(노발리스 지음, 김재혁 역 | 민음사 펴냄)

헤르만 헤세 연보

1877년

7월 2일 독일 남부 뷔르템베르크의 칼브에서 선교사의 아들로 태어남. 외조부는 유명한 인도학자이자 선교사인 헤르만 군더르트. 형 아델레(1875), 동생 마리(1880).

1881년(4세)~1886년(9세)

부모와 함께 스위스 바젤 거주. 1883년(6세) 스위스 국적 취득(그 전에는 러시아 국적).

1886년(9세)~1889년(12세)

칼브로 되돌아와 학교에 들어감.

1890년(13세)~1891년(14세)

괴팅겐에 있는 라틴어 학교에 다님. 뷔르템베르크 국적 취득.

1891년(14세)~1892년(15세)

마울브론 수도원 학교에 입학하나, 시인 아니면 아무것도 되지 않겠다며 7개월 뒤 도망침.

1892년(15세)

바트 볼에서 첫사랑이었던 엘리제에게 실연당하자 6월에 자살을 기도하고, 8월까지 슈테텐 신경과 병원에 입원.

1893년(16세)

칸슈타트 김나지움 입학. 오이게니 콜프에게 실연당함.

1894년(17세)~1895년(18세)

칼브의 시계 공장에서 견습생으로 일함.

1895년(18세)~1899년(22세)

튀빙겐의 헤컨하우어 서점에서 견습생으로 일함.

1898년(21세)

시집 『낭만적인 노래들』 출간.

1899년(22세)

소설 『고슴도치』를 쓰기 시작(원고 미발견), 산문집 『자정 이후 한 시간』 출간. 바젤로 이사. 라이히 서점 판매원으로 일함.

1900년(23세)

바젤에서 마리와 엘리자베트 라 로슈 만남.

1901년(24세)
첫 이탈리아 여행(피렌체, 제노바, 라베나, 피사, 베네치아). 바젤의 고서점 바텐빌 점원으로 일함.

1902년(25세)
『시집』 출간. 어머니 마리 헤세 사망. 마리아 베르누이 만남.

1903년(26세)
4월 마리아 베르누이 등과 두 번째 이탈리아 여행(피렌체, 베네치아). 5월 31일 마리아와 약혼 결심.

1904년(27세)
2월 소설 『페터 카멘친트』 출간. 5월 18일 마리아 베르누이(1868년생)와 약혼 후 혼인 신고(8월 2일). 6월 보덴 호수 근처의 가이엔호펜으로 이사. 연구서 『보카치오』와 『프란츠 폰아시시』 출간

1905년(28세)
10월 『수레바퀴 아래서』 출간. 12월 9일 첫아들 브루노 출생. 수도원 휴양.

1906년(29세)
3월 프리츠 비트만과 이탈리아 여행. 6월 뮌헨 체류. 잡지 『3월』 창간.

1907년(30세)
2월 '암 에를렌로'에 대저택 공사 시작. 4월 로카르노 등에 있는 요양소 생활. 중단 편집 『이 세상에』 출간. 가을에 새집 이사.

222

1908년(31세)

1월 뮌헨 거주. 5월 베른의 알베르트 베티 방문. 10월 빈, 제머링, 뮌헨 방문. 중단편집 『이웃들』 출간.

1909년(32세)

3월 1일 둘째 아들 하이너 출생. 4월 첼 방문. 6~7월 바덴바일러에서 알베르트 프랭켈 교수에게 심리 치료 받음. 10월 북부 독일 강연 여행. 11월 프랑크푸르트에서 맹장 수술. 12월 2일 가이엔호펜 복귀.

1910년(33세)

1월 뮌헨 방문. 2월 니논과 서신 교환 시작. 5월 프랭켈 교수에게 심리 치료. 여름 발렌제 암덴 휴가. 10월 장편 소설 『게르트루트』 출간.

1911년(34세)

1월 뮌헨, 바덴바일러 방문. 2월 그라우뷘델 스키 휴가. 4~5월 이탈리아 여행. 시집 『도중에』 출간. 7월 셋째 아들 마르틴 출생. 9월 4일~12월 11일 한스 슈트르체네거와 인도 여행.

1912년(35세)

봄에 집 처분 결심. 드레스덴 등 강연. 8월 프랭켈 면담. 단편집 『우회로들』 출간. 9월 15일 스위스 베른 근처 오스터문딩겐의 멜헨뷜베크 26번지로 이주.

1913년(36세)

1월 그린델발트 스키 휴가. 4월 인도 여행기 『인도에서-인도 여행의 기록』 출간. 4월 2일~19일 오트마르 쇠크와 프리츠 비트만과 이탈리아 여행. 7월 브루넨 거주.

1914년(37세)
1월 프랑크푸르트, 에센, 바이마르, 코른탈 방문. 마리아의 아버지 사망, 이후 마리아는 바젤 거주. 3월 마르틴 뇌막염. 장편 『로스할데』 출간. 콘스탄츠에 있는 슐렝커 박사 방문. 7월 마울브론과 콘스탄츠 방문. 7월 28일 제1차 세계대전 발발. 전쟁 초기 군 입대를 자원하나, 약시로 부적격 판정을 받고 베른에 있는 독일 전쟁 포로 구호소에 복무하며 전쟁 포로들과 억류자들을 위한 잡지 발행. 출판사를 만들어 1919년까지 스물두 권의 소책자 발간. 10월 보덴 호수와 슈투트가르트 방문.

1914년(37세)~1919년(42세)
전쟁에 반대하는 수많은 정치적 논문, 호소문, 공개서한 등을 독일, 스위스, 오스트리아 신문과 잡지에 발표.

1915년(38세)
1월 마리아와 그스타트 스키 여행 중 마리아 부상(3~4월 바덴에서 치료). 6월 소설 『크눌프-크눌프 삶의 세 가지 이야기』 출간. 7월 단편집 『길가에서』 출간. 7월 칸더슈테크 가족 여행. 9월 포로들을 위한 도서 업무 부과. 11월 취리히, 슈투트가르트, 아이제나호 방문. 시집 『고독과 사람의 음악』 출간. 단편집 『청춘은 아름다워라』 출간.

1916년(39세)
2월 다보스 스키 여행. 3월 8일 부친 요하네스 헤세 사망. 베른에서 신경 발작. 3월 20일부터 로카르노-미누시오 휴양. 5월 루체른 근처 존마트 요양소 휴양. 요제프 베른하르트 랑 박사의 정신 분석 치료받음. 여름에 베른, 루체른 방문. 9월 로카르노 몬티 노이겐보렌 호텔 숙박. 9월 18~27일 마리아와 로카르노 생활. 엘리자베트 루프와 서신 교환 시작.

1917년(40세)

2월 징집 명령을 받지만, 진단서 내고 면제. 샨타렐라 스키 휴가. 3월에 로카르노-몬티로 감. 5월 중순 베른 복귀. 여름에 랑 박사와 정신 분석 진행. 9월 베른에서 카를 구스타프 융 박사 만남. 10월 『데미안』 원고 가명으로 출판사 보냄.

1918년(41세)

3월 22일 브루노와 루체른 거쳐서 로카르노-몬티로 감. 5월 아스코나에서 요나네스 놀과 정신 분석 진행. 7월 베른 거주. 마리아 우울증과 과로 겹침. 9월 요하네스 놀이 베른에서 헤세 부부 정신 분석 진행. 10월 5일 마리아가 마르틴과 함께 요하네스 놀이 있는 아스코나로 감. 10월 마리아가 발작으로 브루너 박사의 요양소 입원. 11월 제1차 세계대전 종전.

1919년(42세)

1~2월 베른 거주. 아이들 위탁. 4월 마리아 베른으로 돌아와 아이들 합류. 6월 『데미안-한 젊음의 이야기』를 에밀 싱클레어라는 가명으로 출간. 마리아 아스코나 집 구함. 7월 루트 벵거 만남. 자전적 소설 『클링조어의 마지막 여름』 집필. 9월 스위스 몬타뇰라의 '카사 카무치'로 이사하여 1931년까지 거주. 마리아 신경 발작으로 후버 박사의 요양소 입원. 12월 엘리자베트 루프의 시가 수록된 헤세의 시선집 『알레마넨부흐』 출간.

1920년(43세)

1월 아이들 위탁. 2월 마리아 아스코나 복귀. 3월 마리아가 아이들 데려옴. 4월 마리아 신경 발작으로 하이너와 멘드리지오 요양소 입원. 6월 마리아 후버 박사에게 치료 후 몬타뇰라 거주. 단편집 『클링조어의 마지막 여름』 출간. '혼돈을 들여다보기'라는 제목으로 도스토옙스키에 대한 에세이 출간. 루트 벵거 만남. 10월 시화집 『화가의 시』와 『방랑』 출간. 뤼슐리콘과 루체른, 바젤, 취리히, 델스베르크 방문. 12월 에미와 후고 만남.

1921년(44세)
『시선집』 출간. 2월 창작 위기. 융의 정신 분석 받음. 5월 융 박사 치료. 9월 루트 벵거와 에어마팅겐 방문. 10월 슈투트가르트, 마울브론, 칼브, 호파우 방문. 12월 델스베르크에 있는 루트 벵거 가족 방문.

1922년(45세)
1월 루트와 바젤, 취리히 생활. 3월 다보스, 취리히 생활. 10월 『싯다르타』 출간. 11월 브렘가르텐과 올텐, 베른, 취리히 방문. 12월 델스베르크에서 성탄절 보냄.

1923년(46세)
5~6월 바덴 휴양. 7월 14일 마리아와 이혼. 9월 18일~10월 15일 바덴에서 병후 요양. 11월 말 루트가 묵는 호텔 크라프트로 감. 산문집 『싱클레어의 수첩』 출간.

1924년(47세)
1월 11일 바젤에서 루트 벵거(27세)와 재혼. 3월 27일 카사 카무치로 복귀. 5월 스위스 국적 재취득. 10월 바젤에서 휴양. 12월 루트 가족 방문.

1925년(48세)
3월 바젤에서 몬타뇰라 복귀. 4월 소설 『요양객』 출간. 4월 루트에서 와병. 5월 아돌프 베르누이 자살과 마리아의 신경 발작. 10월 바덴 휴양. 12월 취리히 샨첸그라벤 31번지로 이사.

1926년(49세)
겨울에 랑 박사와 거주. 5월 바젤서 루트와 생활. 10월 바덴 휴양. 소설 『황야의 이리』 집필. 『그림책』 출간. 프로이센 예술원 문학 분과의 국제위원으로 선출.

1927년(50세)

1월 루트가 이혼 요구. 2월 바덴에서 병이 걸리자 니논이 간호. 3월 취리히서 니논과 생활. 3월 18일 루트가 이혼소송 제기. 4월 24일 바젤 주법원이 이혼 판결. 6월 니논이 카사 카무치로 거처 옮김. 『황야의 이리』 출간. 후고가 쓴 헤세 전기 출간. 산문집 『뉘른베르크 여행』 출간, 10월~11월 바덴 휴양. 12월 취리히 생활.

1928년(51세)

1월 니논과 아로사에서 스키 휴양. 4월 시집 『위기-일기 한 토막』 출간. 4월 붙임 수술. 5월말 니논 몬타뇰라 복귀. 여름 소설 『나르치스와 골드문트』 집필. 10월~12월 바덴과 취리히 거주.

1929년(52세)

2월 니논과 아로사 생활. 3월 취리히 생활. 10월 바덴 휴양. 12월 취리히 거주. 니논과 크리스마스. 신작 시집 『밤의 위로』 출간.

1930년(53세)

3월 니논과 취리히 거주. 4월 엘리자베트 라 로슈 만남. 취리히에 새집 구상 시작. 8월 소설 『나르치스와 골드문트』 출간.

1931년(54세)

1~2월 니논과 산타렐라 스키 휴가. 11월 14일에 니논 돌빈(36세)과 재혼하면서 몬타뇰라 변두리 '카사 로사'로 이사. 산문집 『내면으로의 길』 출간.

1932년(55세)

3월 취리히 산첸그라벤서 마지막 거주. 3월 산문집 『동방순례』 출간. 소설 『유리알 유희』 집필 시작해 1943년에 마침.

1933년(56세)

3월 19일 브레히트와 바이겔이 몬타뇰라 방문. 3월과 4월에 토마스 만 가족 몬타뇰라 방문. 10월 하이너와 마르틴이 몬타뇰라 방문. 11월과 12월 바덴 거주. 소설 『작은 세계』 출간.

1934년(57세)

10월 니논이 한스 카로사를 연모하기 시작. 시선집 『생명의 나무에게』 출간.

1935년(58세)

2월 한스 카로사가 몬타뇰라 방문. 10월에 랑 박사가 로카르노 이사. 11월 27일 남동생 한스 자살. 『우화집』 출간.

1936년(59세)

9월 누이들 방문. 시집 『정원에서 보낸 시간』 출간.

228

1937년(60세)

2월 『신 시집』 출간. 4월~5월 니논이 그리스 여행 떠남. 10월 랑 박사가 루가노 이사. 12월 1일 퀴스나흐트에 있는 토마스 만 방문.

1938년(61세)

3월에 오스트리아가 독일에 합병.

1939년(62살)

9월 제2차 세계대전 발발. 독일에서 헤세 책 출간 금지(1939~1945). 스위스 프레츠 앤 바스무트 출판사에서 전집 펴냄.

1940년(63세)
4월 바덴에서 휴양. 11월 취리히와 바덴 방문.

1941년(64세)
차남 하이너가 이자 라비노비치오 결혼.

1942년(65세)
1월 손자 질버 탄생. 3~4월 바덴 휴양. 『시집』이 취리히에서 헤세의 첫 시선집으로 나옴.

1943년(66세)
11월 소설 『유리알 유희』 출간.

1944년(67세)
7월 3남 마르틴이 이자벨라와 결혼.

1945년(68세)
2월에 마르틴이 베른에 집 구입(마리아도 거주). 9월 소설 『꿈의 여행』 출간. 시선집 『꽃 핀 가지』, 미완성 소설 『베르톨트』 출간.

1946년(69세)
8월 독일서 작품 재출간 시작. 프랑크푸르트 괴테상 수상, 12월 노벨문학상 수상.

1948년(71세)
4월 자동차 구입. 8월 베른에서 마리아 만남.

1950년(73세)
5월 토마스 만 부부가 몬타뇰라 방문.

1951년(74세)
3월 『후기 산문』 출간. 아들들과 노벨상 상금 나눔. 5월 『서간집』 출간. 6월 마르틴이 몬타뇰라 방문.

1952년(75세)
6월 75세 생일 기념 『헤세전집』(전6권) 발간.

1953년(76세)
9월 2남 하이너, 토마스 만 등이 몬타뇰라 방문.

1954년(77세)
동화 『빅토르의 변신』 출간. 롤랑과 주고받은 편지를 모은 『헤르만 헤세-로맹 롤랑 서한집』 출간.

1955년(78세)
후기 산문 『마법』 출간. 10월 독일 서적상협회로부터 평화상 수상.

1956년(79세)
바덴뷔르템베르크의 독일 예술 후원회가 헤르만 헤세 문학상을 위한 재단 설립.

1957년(80세)
1월 루트가 매물로 내놓은 연애편지 사려함. 6월에 『헤세전집』(전7권) 발간.

1962년(85세)

바이블러가 쓴 헤세의 전기 『헤르만 헤세, 한 편의 전기』 출간. 8월 9일 몬타뇰라에서 사망.

소년에서 중년으로 헤세와 함께한 성장 이야기

삶이 고달프면 헤세를 만나라

1판 1쇄 발행　　　　2021년 9월 30일

지은이　　　　조창완
발행인　　　　윤미소
발행처　　　　(주)달아실출판사

책임편집　　　　박제영
디자인　　　　전형근
마케팅　　　　배상휘
법률자문　　　　김용진

주소　　　　강원도 춘천시 춘천로 257, 2층
전화　　　　033-241-7661
팩스　　　　033-241-7662
이메일　　　　dalasilmoongo@naver.com
출판등록　　　　2016년 12월 30일 제494호